花で読みとく

「源氏物語」

ストーリーの鍵は、植物だった

マミフラワーデザインスクール校長
考花学者／花文化・美学研究
川崎景介

KODANSHA

花で読みとく「源氏物語」

ストーリーの鍵は、植物だった

マミフラワーデザインスクール校長
考花学者／花文化・美学研究
川崎景介

はじめに
紫式部と花

「源氏物語」は日本が世界に誇る古典文学として揺るぎない地位を確立した作品です。

作者は言わずと知れた紫式部（九七三頃〜？）という女性ですが、その本名ならびに詳しい生没年は明らかではありません。ただし、平安時代中期の下級貴族で漢詩人としても名を馳せた藤原為時と、中納言の位を得た藤原為信の娘との間に生まれ、時の権力者である藤原道長の娘で、一条天皇の妃・中宮彰子に女官として仕えたことがわかっています。

文学色豊かな漢詩人の家庭に育った紫式部は、周囲の草花や樹木の美しさをさりげなく、かつ的確に捉える彼女ならではの才能を育みました。少女時代の紫式部は明け方に訪ねてきた親戚の貴族男性で後に夫となる藤原宣孝に対し、次の歌を贈ったと自ら書き残しています。

おぼつかなそれかあらぬか明ぐれの空おぼれする朝顔の花

（そうであったかなかったか、
　まだあたりも暗いうちにぼんやりと咲いている朝顔の花のようなあなたでした）

明け方に訪ねて来た宣孝を朝顔の花に例えるという紫式部の絶妙なセンスが、「源氏物語」には散りばめられています。

そこで、多種多様な花と植物が「源氏物語」の和歌やストーリーに織り込まれ、帖の名前にもなっています。極めつきは、多くの登場人物に植物の名前をつけていることで、紫式部が植物をよく観察し、登場人物に各植物の特性を重ね合わせ、物語をより豊かにふくらませていることがわかります。

そこで、本書では「源氏物語」の命とも言える魅力的な主要登場人物と花や植物の関係をひも解こうと試みました。

この機会に今日まで脈々と継承されてきた日本人独自の花に対する細やかな感性を味わっていただけたら嬉しく思います。

さあ、現代の紫式部になって、花と戯れてみてください。

マミフラワーデザインスクール校長
考花学者／花文化、美学研究
川崎景介

目次 *contents*

花で読みとく「源氏物語」

第一章 光源氏と妻たち

第二章 光源氏を彩る女君たち

第三章 光源氏を取り巻く男たち

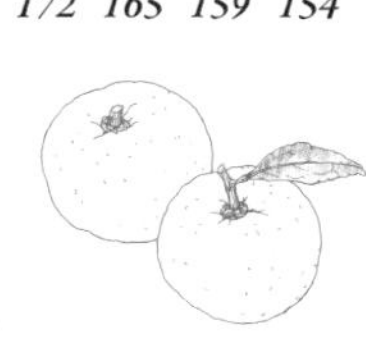

第四章 次世代の担い手たち

コラム *column*

「源氏物語」早わかり

第一部　若き光源氏　【第一帖「桐壺」】―【第三十三帖「藤裏葉」】

桐壺帝と桐壺更衣（更衣は、女御に次ぐ帝の妃の身分）の間に生まれるも、隣国の占いによって臣下の身分となった貴公子・光源氏が、様々な女性との恋を通して成長しつつ、一族の繁栄のため奔走し、その次世代の様子までが記される一大長編小説、それが「源氏物語」です。

葵の上、花散里、明石の君、そして、最も深く心を通わせた紫の上らの女君と婚姻関係を結び、六条御息所、空蟬、夕顔、朧月夜の君ら他の女性との逢瀬を重ね、また、秋好中宮、玉鬘、末摘花らの女君や、明石の君との娘・明石の姫君を庇護した光源氏。

そんな主人公の脇を、いとこにあたる朝顔の姫君や運命に翻弄される乙女・真木柱、光源氏の嫡男・夕霧とその想い人・雲居の雁、孤独な姫君・落葉の宮、そして、親友でライバルの頭中将とその嫡男・柏木、さらに光源氏の実弟・蛍宮らの個性豊かな登場人物が固めつつ物語は進みます。

桐壺帝の妃で義理の母にあたる藤壺宮（後の藤壺中宮）との間に後に冷泉帝となる不義の子をもうけ、政敵の娘との密会を責められ、一時期都を離れ須磨や明石へと落ち延びるなどの波乱万丈の人生を繰り広げながらも、光源氏は一族の揺るぎない体制を築いていきます。

第二部　老いゆく光源氏

【第三十四帖「若菜上」】―【第四十一帖「幻」】

異母兄の朱雀院から降嫁（皇女が皇族以外の男性に嫁ぐこと）された女三の宮に裏切られ、柏木との不義の子（後の薫）をもうけられるという因果応報の屈辱の末に、最愛の人・紫の上に先立たれた光源氏は、人生の無常を噛みしめ、出家の身となるべく深い山の奥へと分け入っていきました。

第三部　次世代の物語　【第四十二帖「匂宮」】―【第五十四帖「夢浮橋」】

光源氏亡き後の都では、今上帝と明石の中宮（明石の姫君）を両親に持つ匂宮と光源氏の遺児・薫（実は女三の宮が愛人の柏木との間にもうけた子）の二人が光源氏の後継者になるのではとの噂です。

自らの出生について疑いを持つ薫は、光源氏の末弟で宇治に隠棲して仏道に励む八の宮を頼って宇治を訪ねます。ここで出会った八の宮の娘、大君と中の君を巡る薫と匂宮による恋愛騒動の末、匂宮と中の君は結ばれることになりました。

その後、中の君の異母妹で大君によく似た浮舟に出会った薫と匂宮は浮舟に魅了されますが、二人の間で板挟みとなって苦しみ入水した浮舟は、横川の僧都に助られて出家の道を選びます。

浮舟が生きていることを知った薫は彼女との接触を試みますが、頑なに自分を拒む浮舟に心を残しつつ、ただもんもんとする他はありませんでした。

◆「源氏物語」主な相関図

主人公 光源氏（桐壺帝の第二皇子だが母の身分が低いため臣籍降下。美貌と才能を備える貴公子）

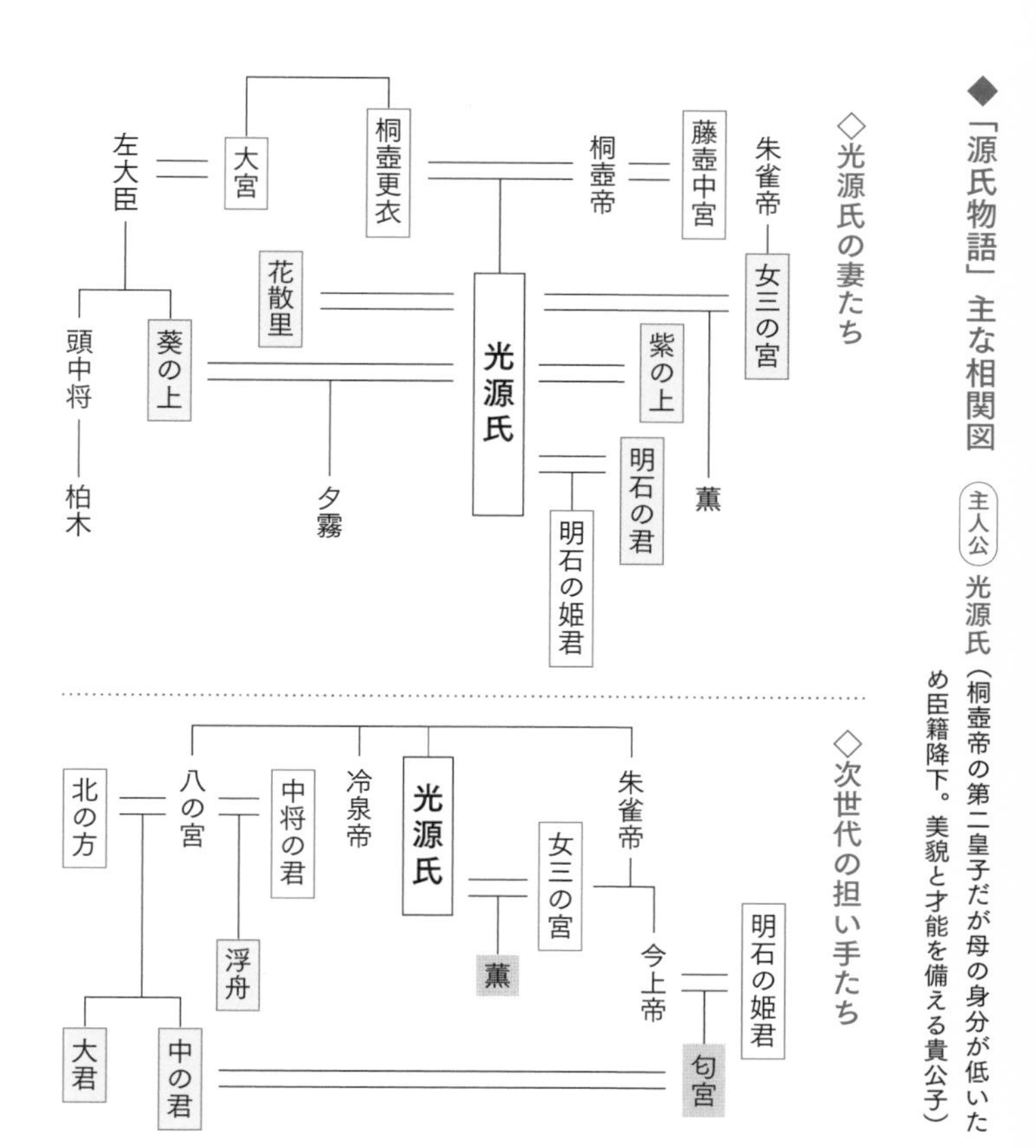

◇天皇の后の序列

- 中宮（皇后）…天皇の正妻
- 女御…摂政関白、大臣などの娘から選ばれる。女御から中宮が１人選ばれる
- 更衣…大納言より下の身分の娘から選ばれる

◇「源氏物語」の天皇

桐壺帝（光源氏の父）
↓ 譲位
朱雀帝（光源氏の腹違いの兄。母の弘徽殿女御は光源氏の政敵）
↓ 譲位
冷泉帝（桐壺帝の第三皇子。実は光源氏と藤壺の不義の子）
↓ 譲位
今上帝（朱雀帝の皇子。光源氏の娘を寵愛する）

◇光源氏の周囲を彩る女君たちと男たち

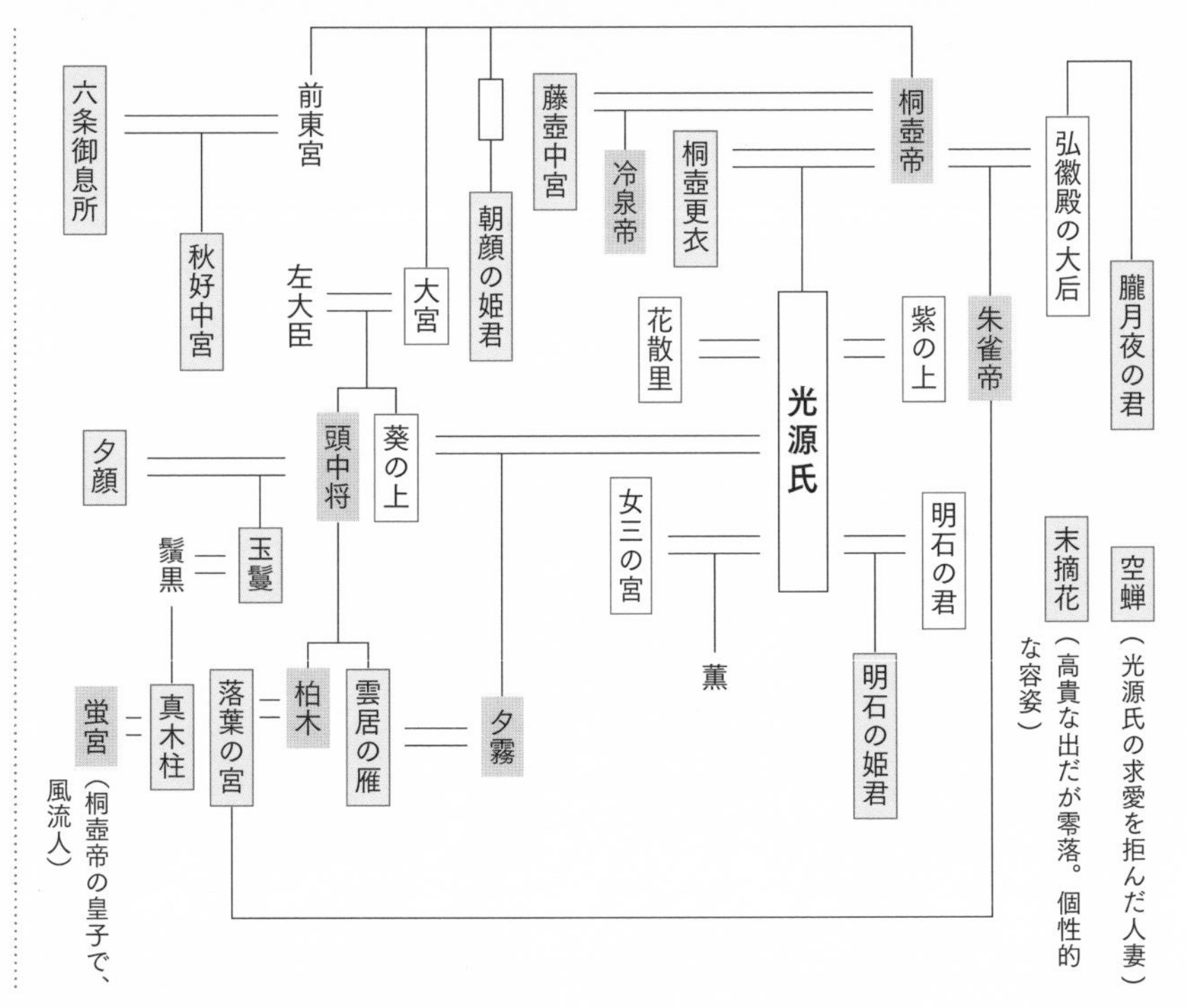

◆官位など

◇太政官

国政を司る官庁。現在の内閣に相当し、太政大臣は総理大臣に当たる。

・長官(かみ)

太政大臣　正従一位
左大臣　　正従二位
右大臣　　正従二位

・次官(すけ)

大納言　　正三位
中納言　　従三位
参議　　　正四位下

・判官(じょう)

左右大弁　従四位上
左右中弁　正五位上
左右少弁　正五位下
少納言　　従五位下

◇蔵人所・近衛府

蔵人所…天皇の側近で秘書的役割を担う官庁。

近衛府…宮中の警護や儀礼を担う官庁

・頭中将…蔵人頭(蔵人所の責任者)と近衛中将(近衛府の次官) の兼任者で、上流貴族の子弟の出世コース。

第一章　光源氏と妻たち

ヤマザクラ（山桜）

学名：*Cerasus jamasakura*
分類：バラ科　落葉広葉樹
原産：北半球の温帯
開花：３〜４月
特徴：日なたを好む

ヤマザクラ（山桜）

光源氏（ひかるげんじ）

「源氏物語」の主人公で、帝を父に持つが、訳あって臣下の身分に降格されるも、貴族社会における人気者にして実力者。

孤独なプリンス

今さら言うまでもなく「源氏物語」の主人公が光源氏です。このキャラクターのモデルとして源融（みなもとのとおる）や嵯峨天皇（さがてんのう）あるいは藤原道長（ふじわらのみちなが）ら平安時代中期に活躍した実在の人物の名が挙げ（あ）られますが、物語の中で底知れぬ魅力を湛え（たた）、絶大な影響力を誇る光源氏ですから、こうした絢爛豪華なモデル説にも納得がいきます。

桐壺帝（きりつぼてい）と桐壺更衣（きりつぼのこうい）との間に生まれたれっきとしたプリンスという設定ですが、幼い頃に母親を失い、また当時の人相占いに基づき皇族から臣下の身分へと降格され源氏姓（せい）を与えられるという不遇の生い立ちを経ます。淋しさゆえに亡き母の面影を追い求めた主人公であり、そういった光源氏が抱える孤独が後に自ら作り上げる華やかな女性関係の根底にあるのだと思います。

紫への憧れ

若き光源氏が最初に憧れる女性が、父である桐壺帝の妃として入内（じゅだい）（皇后、中宮、女御となる女性が正式に宮中に入ること）し、後に中宮にまでなる藤壺中宮（ふじつぼのちゅうぐう）です。ちなみに桐壺はキリの木が植えられた坪庭（つぼにわ）、藤壺はフジの木が植えられた坪庭という意味で、宮中にあるそれぞれの邸（やしき）を意味しています。キリもフジも当時最も染めるのが難しく格式の高い色とされた紫色の花を咲かすことから高貴な人の住まいに相応（ふさわ）しいとされた樹木です。

藤壺中宮は亡き桐壺更衣と瓜二つであるとの評判で、この年上の女性への憧れが亡き母への慕情をかき立て、美しく紅葉（こうよう）したモミジの葉を相手に贈りながら光源氏は理想の女性との暮らしを夢見ます。

また、**【第五帖「若紫」】**で、都郊外の北山に熱病の治療に出かけた光源氏は、藤壺宮の面影を持つ若紫という少女を見初めますが、これが後に光源氏の正妻格となり、紫式部のペンネームの由来にもなった紫の上で、実は他でもない藤壺宮の姪にあたります。若紫を養女として迎え入れたい光源氏は、この少女の親代わりで祖母の尼僧を説得しますが、尼僧は孫娘の幼さを理由に首を縦にふりません。そこで光源氏は次の歌を尼僧に贈り、意思の堅さを強調します。

歌川国貞〈源氏絵物語〉第五帖「若紫」
東京都立中央図書館蔵

手に摘みていつしかも見む紫の根にかよひける野辺の若草

（早くこの手に摘みとって我が物にしたいことだ、
あの恋しい紫草の根につながっている野辺の若草を）

「紫草」とは根から紫色の染料が得られるアカネ科のムラサキのことで、同じ紫色の花であるフジとかけて藤壺宮を意味しています。また「野辺の若草」とは幼い若紫のことで、それがムラサキの根とつながっていると光源氏は表現しています。

繰り返しになりますが、紫色は当時最も染めにくく貴重な色目だったので、天皇の妃である藤壺宮のように高貴な身分の人に相応しい色です。また、光源氏に引き取られた若紫は、後に光源氏の正妻格として頭角を現し紫の上と呼ばれるようになります。こうして光源氏は母の面影を追って理想の女性を探し求めていったのです。

サクラに例えられた「光る君」

光源氏が愛した女性たちの詳細についてはそれぞれの項に役目を譲るとして、源氏が若かりし頃の活躍の一節をここに紹介しましょう。

藤壺宮はこともあろうに光源氏の子を身ごもってしまうのですが、それを知らない桐壺帝は体調を崩して外出できない藤壺宮が楽しめるようにと清涼殿（せいりょうでん）の前で舞楽（ぶがく）の予行演習を行わせます。それは十月のある日に行われ、義理の兄で親友の頭中将（とうのちゅうじょう）とともに青海波（せいがいは）（優美さが特徴の舞楽の演目）を舞う光源氏の姿は例えようもなく美しいのでした。頭中将も劣らず美男子ですが、もしも源氏をサクラに例えるなら頭中将はまるで深山木（山林の樹木）というくらい源氏の美貌は際立っていたと**【第七帖「紅葉賀」】**にはあります。

この頃、都で愛でられていたサクラは原種に近いヤマザクラの一種だと思われますが、いずれにせよサクラは「光る君」の異名をとる光源氏を形容するに相応しい明るく気品のある花であることに違いはありません。

大陸の文化がことのほか尊ばれた奈良時代の貴族社会において「花」といえば中国が故郷のウメを指すことが多かったのですが、平安時代になると我が国に自生していたサクラが注目を浴び、「花」の代表格へと押し上げられます。それまで内裏の前庭に植えられていたウメの木が九世紀半ばにはサクラの木にとって代わられたことも、その社会的風潮を如実に物語っています。「源氏物語」が著された十一世紀初頭になると、サクラは文学に彩りを添える重要な花となっていたのです。

さて、ここで問題は**【紅葉賀】**におけるこのくだりですが、原典に光源氏は「花」に例えられるとだけありますので、その花がウメだったのか、あるいはサクラだったのか明言はされていません。しかし、いくつもの訳本が、それはやはりサクラであったとしています。その理由を私なりに考えてみると、「花」に例えられた光源氏に並び立つ頭中将が「深山木」に例えられていることが重要です。やはり当時は同じ「花」と呼ばれ得る存在だったとしても、スケールの大きな山林を彩る花といえば大木になるサクラであり、それに比べ小柄なウメではなかったと想像できるのです。

舞い手としての光源氏の活躍に話を戻しましょう。行幸（帝が外出すること）の日、大きなモミジの木の下に陣取った楽団による様々な音色が響き合い、マツをも揺らす風が吹き荒ぶなかで青海波の舞の本番が披露されます。再び舞い手を務める光源氏が頭に挿していたモミジの葉が散ってしまい、それに気づいた役人が目の前に植わっていたキクの花を手折って光源氏の頭にあらたに挿します。

季節の花や葉を頭に挿すこの習慣を挿頭といいます。たくましい生命力から中国では不老不死の花として称えられたキクが光源氏の頭に挿されたのですが、これは才気あふれる貴公子の長寿を願ってのものだったのでしょう。

四季の庭を女君たちへの贈り物に

生来の浮気癖があだとなり政敵ににらまれたあげく、一度は京から遠く離れた須磨でのわびしい暮らしを強いられる光源氏ですが、その後幸運が重なり政界へと返り咲きます。

養女の秋好中宮が亡き母の六条御息所から受け継いだ六条院を、造営し直した光源氏は、新たに完成した四つの邸の庭をそれぞれ春夏秋冬になぞらえます。東南の邸の庭はゴヨウマツ、紅梅、サクラ、フジ、ヤマブキ、イワツツジなどが植えられた築山を高く盛った春の庭で、源氏はここを正妻格の紫の上に与え自らも自邸とします。西南の邸は養女であり天皇の妃となった秋好中宮に実家として与えた秋の庭で、紅葉したモミジがひときわ映える植え込みが自慢です。東北の邸は亡き父、桐壺院の妃の一人、麗景殿の妹で心穏やかな花散里が住み、そこにはタチバナ、ナデシコ、バラなどが咲く夏の庭が作られました。

そして西北の邸には明石で出会い妻に迎えた明石の君が住むこととなり、タケやマツが巧みに配された雪景色が美しい冬の庭が作られました。光源氏は大切な女君らのそれぞれの個性を尊重し、邸を彩る花に彼女たちへの思いを込めて愛情を示し、その様子が**【第二十一帖「少女」】**にいきいきと描かれています。

今は亡き最愛の人へ贈る花の歌

その後、異母兄である朱雀院（すざくいん）の娘・女三の宮（おんなさんのみや）の降嫁（こうか）（皇族の女性が臣下の身分の男性に嫁ぐこと）を受けて彼女を名ばかりの妻とした光源氏は、その他多くの女性と関わりますが、幼女の頃から傍らにいて、浮気性の自分に最後まで献身的に尽くしてくれた紫の上の死を境に生きる気力を失います。紫の上亡き後、光源氏は出家の準備を粛々（しゅくしゅく）と進めながら彼女との日々を懐かしみます。

光源氏が最後に登場する**【第四十一帖「幻（まぼろし）」】**には次の場面があります。春になって弟の蛍宮（ほたるのみや）が傷心の兄を慰めるために訪れると、光源氏は、

わが宿は花もてはやす人もなし何にか春のたづね来つらむ

（我が家にはもう春の花が咲いていても誉めそやす人はいないのになんのために我が弟よ、あなたは来たのか）

と言って、無常観にひたります。紫の上が残した春の庭はその年ばかりは違って見え、光源氏は花好きだった大切な人を失って初めて本当の意味で人生の悲哀を噛みし

めたのです。
その年の十二月、恒例の読経（どきょう）の会に参列した光源氏は、これが最後と己に言い聞かせつつ、馴染みの導師に対して次の歌を詠みます。

春までの命も知らず雪のうちにいろづく梅をけふかざしてむ
（私の命ははたして春まであるのか、
だからこそ雪の時分に色づいてきた梅の枝を今日は挿頭にしよう）

香ばしさとともに早春に咲くウメは、その季節をことのほか愛した紫の上との思い出の花です。それを頭に挿して自分もまた人生との別れを惜しむというのが、かつてサクラの花のように光り輝いた光源氏最後の花を詠んだ歌なのです。

フタバアオイ（双葉葵）

葵の上（あおいのうえ）

名家出身で光源氏の最初の妻。源氏との間に嫡男の夕霧をもうける。

光源氏の望まざる妻

名家である左大臣家の出身で、光源氏が初めての妻として迎えたのが葵（あおい）の上（うえ）です。しかし、これは天皇家と左大臣家の関係を強化するための政略結婚であり、年上でどことなくとりすました葵の上は光源氏にとって苦手な存在でした。葵の上との距離をとるために他の女君らと情事を重ねたというのも、光源氏の浮気癖の一つの理由です。

そういった背景から、作中において葵の上は夫の光源氏だけで

フタバアオイ（双葉葵）

学名：*Asarum caulescens* Maxim.
分類：ウマノスズクサ科　多年草
原産：日本固有種
開花：3～5月
特徴：日陰を好む

はなく他の登場人物とも歌をやりとりする場面が一切ありません。いうなれば葵の上は光源氏が嫌う女性の見本のような存在であり、魅力的な登場人物の多い「源氏物語」においては不遇のキャラクターといえるでしょう。

フタバアオイに彩られた賀茂の大祭

実際、お嬢様育ちの葵の上には周囲の気持ちを察せない側面があり、そのことが彼女自身に悲劇をもたらす様子が**【第九帖「葵(あおい)」】**で生々しく描かれます。

ある年、光源氏の子を身ごもった葵の上は気晴らしに賀茂(かも)の大祭(たいさい)を見物しに従者に車を引かせて会場へと向かいます。到着した葵の上一行は先に来ていた車を押しのけて見物するには絶好の場所に陣取りますが、押しのけられた車の一つは光源氏の年上の恋人・六条御息所(ろくじょうのみやすどころ)のもの

歌川国貞〈源氏絵物語〉第九帖「葵」
東京都立中央図書館蔵

でした。六条御息所は光源氏と近頃疎遠になってしまっている事実に心をかき乱され、己を鎮めようとここに来ていたのです。

左大臣家の車に押しのけられてしまったことで六条御息所のプライドは大いに傷つけられます。ましてや左大臣家出身の葵の上が光源氏の正妻であることが無念でたまりません。これをきっかけに神経質な六条御息所は自分でも気づかぬうちに生霊として身体から抜け出し、夜な夜な他者に取り憑き苦しめるようになってしまいます。そして程なく葵の上もその生霊の犠牲となってしまうのでした。

賀茂の大祭は別名を葵祭といい、もともと朝廷の行事として行われた初夏の大祭で、舞台となる賀茂神社の紋であるフタバアオイを奉仕者が頭に挿して練り歩くことでも有名です。この日、帝に命じられて大祭に奉仕していた光源氏も頭にフタバアオイの葉を挿していたことが周囲とのやりとりでわかります。

フタバアオイは賀茂別雷神社（上賀茂神社）の祭神・別雷神が姿を現した御形山で生じたとされたので神聖な植物として崇められ、後に徳川将軍家の家紋のデザインにも影響を与えていきます。おそらく地上を横に這うようにして葉を増やしていくフタバアオイの姿に古代人は底知れぬ生命力の強さを見て取ったのでしょう。賀茂の大祭で光源氏がこの葉を頭に挿していたのもフタバアオイの持つ生命力にあやかるためだったのではないでしょうか。

葵の上の名も、この賀茂の大祭を舞台にした場面からつけられたという説があります。しかし、皮肉なことに生命力の強いフタバアオイと関連づけられた葵の上の命はあっけなく尽きてしまいます。言ってみれば、したたかなフタバアオイと比較されることで物語上での葵の上の儚(はかな)さがより一層鮮明化しているととらえることもできます。

フタバアオイの花言葉は「細(こま)やかな愛情」。それはその葉がハート形をしているから。葵の上と光源氏との間にもう少し細やかな愛情があったなら、二人はもっと幸せな夫婦生活を送れたのではないでしょうか。

光源氏の後悔

出産を間近にした葵の上は正体不明の物の怪(もののけ)に取り憑かれて苦しみます。光源氏が優れた祈禱師(きとうし)を呼び寄せるものの一向に効果がありません。だるそうにじっと自分を見上げる葵の上を光源氏はこれまでないほどに愛おしく感じ涙が頰を伝います。その次の瞬間、光源氏は葵の上の言動が普段と異なるのに気づきます。それはまさにあの六条御息所のもので、葵の上は嫉妬に狂った女君の生霊に取り憑かれていたのです。

それから間もなくして葵の上は男の子を産み落として亡くなります。この子が後の夕霧(ゆうぎり)です。光源氏は自分が葵の上にした仕打ちを心から恥じました。「結局は待てば夫婦仲も自然によくなるだろうなどと決めつけて、浮気心を起こし彼女を苦しめたことだろう。わが妻は私を嫌な夫だと思ったまま亡くなってしまったのだ」と呟いて光源氏はうなだれるのでした。葵の上は、光源氏に嫡男(ちゃくなん)・夕霧と、人としての得難い教訓を残してこの世から去っていきました。

ハス（蓮）

紫の上（むらさきのうえ）

光源氏の正妻格で恋多き夫に悩まされながらも
夫を支え続けた慈愛に満ちた淑女。

光源氏を陰に日なたに支えたメインヒロイン

「源氏物語」のメインヒロインとも呼べる存在が光源氏の正妻格・紫の上です。ある時は光源氏のウォッチャーとして目を光らせ、またある時は夫の浮気癖に悩み、それでも包み込むように源氏を愛する紫の上なくして「源氏物語」は語れません。

【第五帖「若紫」】にあるように、都郊外の北山で祖母の尼僧に育てられ、たまたまそこへ熱病治療のために訪れていた光源氏と出

ハス（蓮）

学名：*Nelumbo nucifera*
分類：ハス科　多年生水生植物
原産：インド
開花：7～8月
特徴：日なたの池を好む

会うことで若紫（わかむらさき）と呼ばれた少女の運命の歯車が回り始めます。

その後、光源氏のもとで愛情をかけて養育され、その甲斐もあって、ちょっと嫉妬もするけれど、美しく心の優しい素敵なレディへと成長を遂げ（と）たかつての若紫は光源氏の事実上の正妻として都で知らぬ者はいない孤高の淑女・紫の上となります。

会えなくなるほどに愛しい人

政敵である右大臣家の娘と密会を重ねた光源氏は、そのことを右大臣に知られてしまい、肩身の狭い立場へと追いやられます。意を決した光源氏は都を離れて須磨（すま）へと落ち延びることに。

落ち延びた先で、わびしい生活を余儀（よぎ）なくされた光源氏の心の支えは都に残してきた紫の上でした。間もなく光源氏は縁者を頼って須磨から隣の明石（あかし）へと移りますが、そこで結婚話をもちかけられ、断り切れずに地元の有力者の娘、明石（あかし）の君（きみ）を妻として娶（めと）ります。

うしろめたさを感じつつ淋しさを募らせた光源氏は、**【第十三帖「明石（あかし）」】**の一場面で紫の上への手紙をしたためます。「ほんとうに私としてはつまらない浮気をして、あなたに嫌われた日々のことを思い出すだけでも胸が痛むのに不思議な夢を見てしまいました。でも訊かれもしないのに、正直に申し上げる私の包み隠さぬ気持ちをどうか察してください。あなたに誓ったことは忘れません」という手紙に光源氏は次の歌を添えます。

しほしほとまづぞ泣かるるかりそめのみるめは海人（あま）のすさびなれども

（あなたを思い出すにつけ涙がとめどなくあふれ、
かりそめに契りを交わした女人は旅の仮寝のほんの戯れだったのです）

それに対する紫の上からの返事は「古今和歌集（こきんわかしゅう）」にある次の歌にかけたものでした。

君を置きてあだし心をわが持たば末の松山波も越えなむ

（あなたを差し置いて私が浮気心を持つことがあれば、
あの末の松山を波が越えてしまうでしょう）

この歌にちなんで紫の上は次の歌で光源氏に答えます。

うらなくも思ひけるかな契り（ちぎ）しを松より波は越えじものぞと

（正直に信じきっておりました、波が松を越えることなどないように、

決して心変わりはしないものとあなたを信じ浮気をされるとはつい思わずに）

「源氏物語」には、ところどころこうした既存の和歌にかけた歌が詠まれていますが、これは贈答歌（ぞうとうか）（二人、あるいはまれに数人の間でやりとりする歌）のテクニックとしてはかなり高度で、より多くの和歌を知らなくてはとてもできない芸当です。このあたりから、この時若干二十歳前後の紫の上が既にかなりの教養の持ち主であることがうかがえます。

常盤木（ときわぎ）のマツは神の依り代（よりしろ）として尊ばれ、樹木の中でも一目置かれる存在です。そのマツを波が越えてしまうのですから、紫の上にしてみれば夫の浮気癖は相当なもので、ほのかな恨み節が歌に込められているのが少し可愛らしくもあります。

花いけのセンスも抜群

光源氏の正妻格の地位を得て寵愛を受けた紫の上ですが、ことあるごとに他の女君らの世話を焼く夫をいぶかしく思うこともしばしば。それでも彼女は光源氏と縁のある女性たちと何とか仲よくしようと努力を重ねます。そんな努力が垣間見えるエピソードを**【第二十四帖「胡蝶」】**から紹介しましょう。

ある年の三月に光源氏は自邸の六条院にて船楽（池に船を浮かべての演奏会）を催します。翌日には光源氏のかつての恋人で今は亡き六条御息所の娘・秋好中宮が主催する読経の会が執り行われました。そこへ紫の上から読経の会の仏壇に供える花が秋好中宮のもとへ届きます。鳥が描かれた装束をまとった使いの童たちは長いサクラの枝を銀の華瓶（仏前に手向ける花を挿す花瓶）に挿した供花（仏前に手向ける花）を、蝶が描かれた装束をまとった使いの童はヤマブキを金の華瓶に挿した供花を、それぞれ携えて仏壇へと進みます。

これらの供花は、いずれも送り主である紫の上による見立てで、まるで現在の花のディスプレイのようなモダンな雰囲気が感じられます。

【第七帖「紅葉賀」】で美貌の持ち主である光源氏に例えられたサクラは春を寿ぐ花

であり、いっぽうのヤマブキは黄色い花が風になびく様子が自然界に息づく活発な生命力と結びつけられていて、いずれの花も諸々の事の始まりを告げる春という季節を見事に印象づけています。

恋多き光源氏は、養女として迎え入れた秋好中宮に女性としての魅力を少なからず感じていましたが、彼女の亡き母・六条御息所に遠慮して深入りはしませんでした。それでも紫の上にしてみれば秋好中宮は夫をめぐるライバルの一人だったはずです。けれども、紫の上はそのような相手である秋好中宮にも光源氏の正妻格として礼を尽くし、やがて二人は友情さえも育んでいきます。

誇り高く優しく

可愛らしい童の使者からの献花の儀が終わると、宮中で働く者の娘たちが寝殿の下まで進み、それぞれ献花を行います。そして仏壇が花でいっぱいになった頃、光源氏の長男・夕霧（ゆうぎり）が紫の上からの歌を秋好中宮に献上します。それには次のようにありました。

花園の胡蝶をさへや下草に秋まつ虫は疎く見るらむ

（美しい花園に舞うこの胡蝶を見ても、

下草の陰に隠れて秋を待つ松虫はまだ春がお嫌いですか）

かつて「どの季節が好きですか」と光源氏に問われた秋好中宮は「母親の人生の切なさと秋の風情が似ているので秋を好みます」という意味のことを答えていたので、それを知っていた紫の上は秋を思わせる松虫を秋好中宮に見立てつつ、春が好きな自分の思いをライバルに対し主張したかのようです。けれども、この歌には親しみが込められており、これを読んだ秋好中宮は口元をほころばせ、紫の上に対する親愛の情を示します。

紫の上は同じように夫をめぐるもう一人のライバル、明石の君にも恩情を示しています。一時、都落ちして明石に滞在した光源氏は土地の有力者の娘、明石の君と半ば強引に結婚させられ一児をもうけますが、この子が後に東宮妃（皇太子妃）となる明石の姫君です。明石の君母娘を都へと招いた光源氏は、幼い明石の姫君の身分を保証するために、貴族社会で確固たる地位を得た紫の上に姫君の養育を任せます。新たに光源氏の妻になった明石の君に嫉妬していた紫の上ですが、明石の姫君の可愛らしさに目を細めると心を開き、まるで我が子のように愛情を込めて、この姫君を養育します。

成長した明石の姫君が東宮妃として入内するさい、紫の上は一歩下がって明石の君に姫君の後見人の座を譲ります。「当然ながら一緒におられるのが普通なのに、これだけ長く離れてお暮しになったことを明石の君はお嘆きでしょうし、姫君も辛いでしょう。お二人に悲しまれるのは困ります」という意味の言葉は、誇り高くも優しい紫の上の慈愛に満ちた人柄を表しています。

ハスに二人の来世を託して

光源氏の浮気癖に悩まされつつも献身的に夫を支えてきた紫の上ですが、源氏の異母兄・朱雀院が娘の女三の宮を光源氏に降嫁（皇女が皇族以外の男性に嫁ぐこと）したのを機に、己の存在意義を見失い、それがきっかけで病の床に臥してしまいます。一時は死亡説が流れるほど衰弱した紫の上ですが、光源氏の必死の看病の甲斐もあり、なんとか小康状態を得ます。

【第三十五帖「若菜下(わかなのげ)」】に光源氏と紫の上の切ない次のやりとりがあります。光源氏は病み上がりの紫の上を訪ね、池に咲くハスの花に目をやり、「ご覧なさい、ハスの花だけ涼しげではありませんか」と紫の上に投げかけ、「ここまで元気になった姿が見られるのは夢のようです。あまりの悲しさに私までもが死ぬかと覚悟いたしました」と涙を浮かべます。

それを聞いた紫の上は感極まって次の歌を光源氏に贈ります。

消えとまるほどやは経(ふ)べきたまさかに蓮(はちす)の露のかかるばかりを

(露が消えるまでの束の間でも私は生きられるでしょうか、

いつかは消えるハスの露ほどの命だけれども)

すると光源氏は、

契りおかむこの世ならでも蓮葉(はちすば)に玉ゐる露の心へだつな

(約束しましょう、

来世でも同じ極楽のハスの上にある露の玉のように互いの心が少しも隔たないことを）

と答え、いかに紫の上が自分にとって大切な存在であるかを本人に伝えるのでした。

ハスは泥中から伸びた茎の先端に美しい大輪の花を咲かせることから、釈迦が「泥中から咲くハスのように、たとえ汚れた浮世であったとしても、修行を積めばそこで悟りを開くことができる」と弟子を諭しながら指し示したと伝わる仏教徒にとって重要な花です。こうした説話からハスは極楽浄土に咲く花に位置づけられ、紫の上と光源氏は浄土の再会をハスに誓ったことになります。

歌川国貞〈源氏絵物語〉第四十帖「御法」
東京都立中央図書館蔵

ハスの花言葉に「清らかな心」というのがあります。夫である光源氏のわがままを許し、自分に不利益をもたらすかも知れない相手にも心を開き、他人の子どもを愛を込めて育て上げた孤高の淑女・紫の上のためにあるような花言葉です。

　この歌のやりとりからほどなくして紫の上は周囲に惜しまれつつまるで泡が消えるかのように静かに息を引き取るのが**【第四十帖「御法（みのり）」】**。そして、光源氏はついに生きる意味を失い出家の道を選ぶのです。

花散里（はなちるさと）

光源氏の父、桐壺帝の妃だった麗景殿の妹で、やがて源氏の事実上の妻の一人となり次世代の養育係としての役目を担う。

癒しをもたらす淑女

三の君こと花散里は波乱万丈の人生を生きた光源氏に最も癒しを与えたであろう女性です。控え目で台詞も少ない花散里ですが、その行いや周囲の評判から面倒見がよく穏やかな人格者であったことがうかがえます。

若いころから光源氏の心の拠り所であり、目立たないもののや

ハマユウ（浜木綿）

学名：*Crinum asiaticum*
分類：ヒガンバナ科　多年草
原産：東アジア～南アジア
開花：7～9月
特徴：日なた、暖地を好む

がて事実上の妻の一人として六条院に迎え入れられ、光源氏の嫡男で生まれてすぐに母親を亡くした夕霧を養育するなど光源氏の厚い信任を得た数少ない女性です。

タチバナの咲く里

たちの悪い失態を演じた光源氏が都から脱出する直前の様子が記された**【第十一帖「花散里」】**に、まるでタチバナの花が香ってくるような次の場面があります。

政敵、右大臣家の姫君（朧月夜の君）との情事が発覚し、肩身の狭い思いを強いられた光源氏は癒しを求めて、義理の母にあたる麗景殿を見舞う名目で、お目当てである妹の三の君が住む邸を訪れます。部屋に通された光源氏が麗景殿と今は亡き桐壺帝の思い出話に花を咲かせていたちょうどその時、この地まで自分に着いて飛んで来たホトトギスのものと同じ鳴き声を耳にし、「古今和歌集」に載る「いにしへの事かたらへば時鳥いかに知りてか古声のする」（昔の話をしているのを、いかにして知ったのかホトトギスよ）という歌にかけて、

橘の香をなつかしみ時鳥花散る里をたづねてぞ訪ふ

（昔を思い出させるタチバナの香を懐かしんで、
　ホトトギスがその花の散る里を訪ねて来たのでございます）

と詠むと、麗景殿は次の歌を光源氏に返して、帝（みかど）亡き後の淋しさを噛みしめます。

人目なく荒れたる宿は橘の花こそ軒のつまとなりけれ
（人目もなく荒れている宿は、
　昔を思い出させるタチバナの花がホトトギスを誘う手引きとなっているのです）

　麗景殿と語らった後、光源氏はお目当てである三の君の部屋を訪れ、女君はこれを格別な配慮として喜んで迎えました。ちょうどタチバナの花が散り始めた季節の出来事だったので、それにちなんで三の君は花散里と呼ばれました。

ハマユウのような人

　その後、光源氏とはいったん疎遠になる花散里ですが、須磨（すま）へと落ち延びた光源氏と文通するなどして彼を慕い続け、やがて新装された六条院に住まいを得て次世代の養育係として活躍します。

【第二十一帖「少女（おとめ）」】に彼女にまつわる次のエピソードが載ります。かいがいしく世話を焼いてくれる花散里に、光源氏の嫡男である夕霧は不思議な感情を抱き「あまり美人ではない花散里なのに、それでも父はこの人を見捨てないのか」と思うことも。しかし、「自分ときたら仲を引き裂かれた恋人の美しい容姿にいまだに執着しているではないか」と思い直した夕霧は、花散里のように美人ではないけれど優しい女性を慕うべきではないかと自問自答するのです。

いっぽうで夕霧は「万葉集（まんようしゅう）」にある「み熊野の浦のはまゆふ百重なす心は思（も）へど直（ただ）に逢はぬかも」（熊野の浦のハマユウの葉が幾重にもなっているようにあなたを思っていますが、直接は会えないのです）の歌を思い浮かべ、そんな風に父の光源氏にさほどかまってはもらえないけれど光源氏を慕い続ける花散里を哀れむのですが、それはお節介な邪推というもの。古典的和歌の世界では「み熊野の浦」とあれば、そこからハマユウが連想されるのですが、それは夕霧の思い浮かべた柿本人麻呂（かきのもとのひとまろ）のこの歌が元になっています。

温暖な地域の浜辺でヒガンバナに似た白い花を咲かすハマユウは、艶のある葉からハマオモトとも呼ばれ、それが幾重にもなって生えることから、少しずつ人の胸中に重ねられていく思慕の情と結びつけられました。思いを寄せる光源氏にそれほど頻繁に会ってもらえないうえに雑事を申しつけられても、それらを笑顔でこなす花散里を夕霧は、幾重にも重なった葉にも似た恋心を抱きつつ大地に根を張るハマユウと結びつけました。

ハマユウの「ユウ」とは神事などに用いられる麻製の白い布・木綿（ゆう）のこと。「浜に咲く木綿」とは上手いネーミングです。これにちなんでハマユウには「けがれのない」という花言葉があり、それは心の綺麗な花散里にこそ相応しいと思います。

まだまだ人生経験の浅い若き夕霧からすると、花散里は父の光源氏にていよく利用されているだけの人に見えたのでしょう。しかし光源氏は自分の邸である六条院の一角を花散里に与え、事あるごとに気にかけています。心穏やかな花散里は「源氏物語」の登場人物の中でも最もトラブルとは無縁の存在なのです。

明石の君（あかしのきみ）

桐壺更衣のいとこで明石の有力者・明石の入道の一人娘。光源氏の妻となり、後に今上帝の中宮になる明石の姫君を源氏との間にもうける。

難しい結婚

政敵の娘との情事が発覚したため都に居づらくなった光源氏は【第十二帖「須磨」】で都から遠く離れた須磨へと落ち延びます。すると、これを好機ととらえた地元の有力者・明石の入道が一人娘の明石の君を光源氏に娶らせようと思いを巡らせます。

そんなある日、夢枕に亡き父・桐壺帝が現れ、すぐさま須磨を退去するように命じられた光源氏は、【第十三帖「明石」】で不思

マツ　（松）

学名：*Pinus*
分類：マツ科 常緑針葉樹
原産：北半球の寒帯〜亜熱帯
開花：4〜5月
特徴：日なたを好む

議なことに同じ夢を見て船で自分を迎えに来た明石の入道とともに運を天に任せ近隣の明石へと渡りました。

明石の入道の妻・明石の母君(ははぎみ)は娘と光源氏との結婚を心配しており、当の明石の君(あかし)も自分と光源氏との身分の違いを意識してこの縁談には消極的です。しかし、結果的に光源氏は入道の願いを聞き入れ、明石の君と結婚します。

都に残してきた紫(むらさき)の上(うえ)に心を残す光源氏、互いの価値観の違い、明石の君が懸念する夫との身分差など、様々に問題のある結婚ではありましたが、やがて明石の君は光源氏の子をお腹に宿します。

ちょうどその頃、都では眼病を病んだ朱雀帝(すざくてい)が、災難の元凶が光源氏の不在にあると説き、勅令(ちょくれい)を発して弟の源氏を明石から呼び戻そうとしていました。それに応じて帰還することになった光源氏は形見の琴を明石の君に託し、生まれてくる我が子ともども必ず都に迎え入れることを約束して都へと向かいました。

マツを我が子に例えて

政界での巻き返しに成功した光源氏は、**【第十八帖「松風(まつかぜ)」】**で約束通り明石の君と娘を都に迎え入れようとしますが、明石の君は夫との身分差を気にしてなかなかやってきません。明石の母君に連れられて、ようやく都郊外の別荘まで来た明石の君は、マツに吹き荒ぶ風の音と合わせて形見の琴をかき鳴らすばかり。

そこへ光源氏が訪れ、娘の明石の姫君と初の対面を果たします。我が娘の愛くるしさに目を細めつつ光源氏はこれまでの別離を悔やみ、明石の君とともに音楽を奏で再会を喜ぶのでした。

明石の姫君の将来を案じた光源氏は、紫の上に娘の養育を任せようと苦肉の判断をするに至ります。実母である明石の君は地方貴族の出身であるがゆえに都での地位は低く、いくら光源氏が父親でも、このままでは都での娘の立場は極めて不安定です。

そこで前述のように、光源氏の正妻格・紫の上の養女にして、明石の姫君の立場を揺るぎないものにしようとします。

この話を夫から聞かされた明石の君は苦悩の末、娘の幸せのために紫の上への愛娘の譲渡を受け入れ、紫の上も新たに光源氏の妻となった明石の君に内心嫉妬しながらも、可愛いらしい姫君を引き取って愛情を注ぎ育てることになります。

【第十九帖「薄雲」】では、いよいよ明石の君と明石の姫君の別れの時がやってきます。明石の君は光源氏に対して気丈に振舞い「なんでもありません……このように残念な母の子であるようにこの娘を扱って下さらないのでしたら」と強がりますが、可愛い姫君を見るとやはり涙が込み上げて来て、

末遠き二葉の松に引き別れいつか木高き蔭を見るべき

（行く末の遠いまだ小さな二葉のマツを引かれて別れますが、
いつになったら高く茂った蔭を見ることができることやら）

という歌を詠み、我が子を二葉の小松にかけて別れを惜しみます。
嘆き悲しむ明石の君を気の毒に思った光源氏は「ああ、苦しそうに、そうだろう」と思って次の歌を妻へと贈ります。

生ひ初めし根も深ければ竹隈の松に小松の千代を並べむ

（生え初めのその根も深い小松なので、
二つ並んで立つ武隈の松に、その小松を並べて千年の生い先を見よう）

武隈の松というのは奥州にあると伝わる二本並んだマツの木で、「いつか私たち二本のマツに姫君というマツを並べて、ともに未来を生きよう」と三本のマツの木を家族になぞらえて光源氏は明石の君を励まします。

日本にはクロマツ、アカマツ、ゴヨウマツをはじめ多くのマツが自生します。マツは樹皮、樹脂、葉、松かさなどが暮らしに役立てられた有用樹であるだけではなく、常緑であることから長寿を司り、古くから神の依り代として重要視された樹木です。マツという呼称が「神を待つ」あるいは「祭」からきているとする説もあり、それだけ神聖な樹木として珍重されてきたことがうかがわれます。

その精神的な重要性から、新年にあたり農耕神である年神を各家庭に迎えるための依り代である門松に用いられる樹木として尊ばれ、それゆえにいけばなの花材としても重んじられました。

ちなみにマツの花言葉は「不老長寿」あるいは「永遠の若さ」ということで、明石の君と光源氏の歌のやりとりのように長寿を願い、よき未来を望むさい、マツほどそれらの思いを託すのに相応しい樹木は他にはないと言っても過言ではありません。

すべてが報われるとき

紫の上の愛情をたっぷり受けて明石の姫君はすくすくと成長し、やがて成人式を終え、いよいよ東宮妃として入内することになりました。養母の紫の上には、宮中での後見人として引き続き明石の姫君の側にいられる選択肢もあります。対する明石の君は身分の低さから娘の成人式にさえ列席することが叶いませんでした。

【第三十三帖「藤裏葉」】にて紫の上は明石の君の淋しい気持ちを察して、明石の姫君の宮中における後見人の役目を実母に譲ります。

「これだけお育ちになりましたので、私のもとでの姫の年月がうかがえましょう。ですからもう余計な心の隔てはありませんね」。紫の上にそう優しく声がけされた明石の君は、まるで愛らしい人形のように目の前に立つ、成長した我が子を拝しながら今まで流してきたのとはまるで違う温かな涙で頬を濡らすのでした。

サクラ（桜）

女三の宮（おんなさんのみや）

光源氏の異母兄・朱雀院（元朱雀帝）の第三皇女で、源氏に降嫁するが、それが元で波乱万丈の半生を送る。

身分の高さがあだとなった姫宮

数多くの女性とのロマンスを楽しんだ光源氏はその生涯において葵の上、紫の上、花散里、明石の君、そしてこの女三の宮という五人の妻を娶りますが、その中でもこの女三の宮は生霊に取り憑かれて命を落とす葵の上とともに最も不幸な光源氏の妻といえるでしょう。

【第三十四帖「若菜上」】で「源氏物語」の読者は初めて女三の

サクラ（桜）

学名：*Cerasus*
分類：バラ科　落葉広葉樹
原産：北半球の温帯
開花：３～４月
特徴：日なたを好む

宮に出会います。光源氏の異母兄・朱雀院は病に臥せることが多くなり出家を望みますが、唯一の心配は娘である女三の宮の嫁ぎ先が決まっていないことでした。かつての帝の娘である女三の宮の身分はことのほか高く、それだけに基盤のしっかりとした家に嫁がせなくてはなりません。そこで、朱雀院は光源氏に白羽の矢を立てて娘の降嫁を決めます。朱雀院のこの決定にはさすがの光源氏も抗えず、娘ほど歳の離れた女三の宮を妻として迎えることになりました。

光源氏の正妻格である紫の上は自分より身分の高い女三の宮の降嫁に危機感を募らせ、当の光源氏も女三の宮の幼さに拍子抜けしてこの新しい妻との間に距離をとってしまいます。さらに悪いことに、女三の宮にかねてから好意を寄せていた光源氏のライバルで親友の頭中将の嫡男・柏木が彼女に近づき男の子を産ませてしまいます。この子が光源氏亡き後、「源氏物語」の主人公となる薫です。

朱雀院の強引な決定は結局誰も幸せにせず、次世代の薫にまで暗い影を落とすことになります。夫である光源氏に愛されず、柏木との間に不義の子をもうけた末に仏に救いを求めようと若くして出家の道を選ぶ女三の宮は、身分の高さがあだとなった不幸な姫君として悲しみを誘う登場人物です。

雪が隔てる仲

朱雀院は、紫の上がそうだったように、光源氏に女三の宮を正しく養育する親代わりのような役割を期待しましたが、実際そう上手く事は運びませんでした。それどころか光源氏は、身分の高い女三の宮を妻に迎えたのだから、このさい自分のステータスに箔（はく）をつけようとまで考えていた節（ふし）があります。そんな光源氏の冷酷な計算高さを女三の宮は知っていたのでしょうか。

歌の価値もわからないほど幼稚であると決めつけた女三の宮に、進んで会いに行こうとしないまでも、光源氏は一応注意深く選んだ筆で白い紙に歌をしたため、それにウメの枝を添えて彼女に贈ります。

中道（なかみち）を隔（へだ）つる程はなけれども心乱るる今朝のあは雪

（互いの行き来する道を隔ててしまうほどの積雪ではないけれど、
　　　乱れ降る今朝の淡雪に心を乱すばかりです）

どことなく冷たい光源氏の贈歌に対して女三の宮はこう返事をします。

はかなくてうはの空にぞ消えぬべき風にただよふ春のあは雪

（風に漂ううちに降り切れず、はかなく消えてしまうことでしょう、この春の淡雪は）

自分をはかない淡雪に例え、光源氏の寵愛(ちょうあい)を乞う、まだ幼い女三の宮の孤独がしんしんと積もる雪の情景とともに伝わってくる歌は**【第三十四帖「若菜上(わかなのじょう)」】**のハイライトの一つです。

ヤマザクラが予言する悲劇

頭中将の息子で光源氏の義理の甥(おい)にあたる柏木は、蹴鞠(けまり)の会場で、飼い猫が御簾(みす)（すだれ状の幕）をめくった隙間からたまたま垣間見た女三の宮の可愛らしさが忘れられません。親友でいとこの光源氏の嫡男・夕霧(ゆうぎり)をつかまえた柏木は、源氏は本当に女三の宮を愛しているのかという疑問を投げかけますが、夕霧は「姫宮はちゃんと大切にされている」などと言って父親の擁護に終始します。

いたたまれなくなった柏木は思い切って女三の宮に、

よそに見て折らぬ嘆きはしげれどもなごり恋しき花の夕かげ

（他の人のものだから折らずに嘆いていましたが、

今でも心残りで恋しいのはその花の夕影です）

という思慕の歌を贈りました。それを読んだ女三の宮からは次の歌が返ってきます。

いまさらに色にな出でそ山桜およばぬ枝に心かけきと

（今さらお顔の色にも出さないで、

手が届かぬヤマザクラの枝に心をかけたなどとおっしゃっても無駄です）

夫の光源氏がそうだったように、サクラの花に例えられた女三の宮。しかし、同じサクラに例えられても、二人の心が交わることはありませんでした。

日本の原風景を彩っていたのがヤマザクラです。大まかにいってヤマザクラが交配されて生まれたのがサトザクラであり、前者はもともと自生していたサクラ、後者は

歌川国貞〈源氏絵物語〉第三十五帖「若菜下」
東京都立中央図書館蔵

人が育てた園芸品種というふうに定義できます。

桜の名所・吉野で花とともに葉をつける系統のサクラはヤマザクラと総称されます。いっぽう私たちがよく花見で仰ぎ見る花だけを先に咲かすエドヒガンやソメイヨシノはサトザクラの枠でくくられます。柏木と女三の宮が歌に詠んだサクラは原種のヤマザクラだと思われ、柏木が詠んだように夕日に照らされた素朴なサクラの花はさぞや美しかったことでしょう。

ヤマザクラの歌のやりとり以後、何年かが経ち、柏木は女三の宮の腹違いの姉の落葉の宮こと女二の宮と結婚しますが、いまだに心は女三の宮にとらわれていました。妹ほど身分が高くない母親を持つ落葉の宮だからこそ、臣下である柏木は彼女を妻に娶ることができたのですが、こうした設定に、紫式部が「源氏物語」に巧みに込めた貴族社会の風刺を見て取るのは果たして私だけでしょうか。

【第三十五帖「若菜下（わかなのげ）」】において、どうしても女三の宮を諦められない柏木は半ば強引に彼女に近づき、やがて不義の子を産ませてしまいます。幼く気位が高いゆえに苦しみ多い運命に直面した女三の宮。当時の貴族社会のひずみを今に伝え、幸せとは何かを考えさせる孤独で悲しき波乱万丈の皇女です。

絵合と襲

「源氏物語」、**【第十七帖「絵合」】**は、弘徽殿の女御（頭中将の娘で、朧月夜の君の姉・弘徽殿の女御とは別人）と斎宮の女御（六条御息所の娘で光源氏の養女・後の秋好中宮）の冷泉帝（表向きは桐壺帝と藤壺中宮との間の子だが、実は光源氏と藤壺中宮の子）の二人の妃が絵の優劣を競い合う巻です。

　妃同士の競い合いと言っても、実は頭中将（この巻では権中納言の名で登場）と光源氏の二人の妃の親同士の意地の張り合いで、絵の愛好家である冷泉帝にちなみ、二人の妃の実家である両家のどちらがより優れた絵を公の場で披露できるかの競争です。

　こうした絵のコレクションを互いに披露し合って優劣を競う遊びを絵合といい、一見優雅な催しに見えますが、頭中将と源氏にしてみれば娘たちの将来がかかる真剣な戦いです。藤壺中宮を招いての最初の絵合では勝負がつかず、勝敗は冷泉帝本人が立ち合う第二ラウンドへと持ち越されます。

　この二回目の絵合には、さすがに帝が臨席するだけあって豪華な衣装をまとったお付きの幼き侍女らが登場します。光源氏側の童女は桜襲の汗衫（正装用の上着）の下に、紅の袙衣（装束の内着）に藤襲の織物を身に着けているとあります。襲というのは衣服を重ね着することを意味します。桜襲は紅の布の上に白い布を重ね着したもので、紅と白の中間色であるサクラの花を表現しています。藤襲は緑の布の上に薄紫の布を重ね着して、フジの葉と花を表現しています。

いっぽう、頭中将側の童女は柳色の汗衫の下に山吹襲（やまぶきがさね）の衵衣を着ていたと記されています。柳色はヤナギの新緑をイメージした明るく爽やかな薄緑、山吹襲は明るい黄色の衣の上に赤味がかった黄色の布を重ね着したものでヤマブキの花を表現し、光源氏の侍女同様、春を最大限アピールする出で立ちです。

季節の花を頭に挿して自然の生命力にあやかろうとする挿頭（かざし）の風習にも見られるように、先人は花や、花を思わせるものを身に着けることを好みました。布の色で季節の花を表現した襲はそうした趣向の明確な現れといえるでしょう。そして、その趣向の背景には植物の生命力を尊ぶ思い、また花や葉の美しさへの憧れがあったのです。

艶（あで）やかな装束姿の幼き侍女らに囲まれて、美しい絵画を観賞するという、まるで夢のように優雅な絵合の軍配はどちらに上がったのか。この機会にぜひ「源氏物語」を読みといていただき、ご自身でご確認いただければ幸いです。

第二章

光源氏を彩る女君たち

キリ（桐）

桐壺更衣（きりつぼのこうい）

桐壺帝の妃の一人で光源氏の実母。更衣（女御に次ぐ帝の妃の身分）ながら帝の寵愛を受けたので周囲の嫉妬を買い、苦しんだ末に若くして息を引き取る。

身分に関係なく帝を魅了した女性

【第一帖「桐壺」】は光源氏の実母・桐壺更衣の話でもあります。彼女の不幸は桐壺帝の寵愛を更衣の身分であるにも関わらず独占してしまったことです。たいてい帝には複数の妃がいますが、その中で最も位の高いのが中宮と呼ばれる皇后であり、これは一人しかなれません。

キリ（桐）

学名：*Paulownia tomentosa*
分類：キリ科　落葉広葉樹
原産：中国
開花：5～6月
特徴：日なたと水はけのよい土壌を好むが、西日は苦手次の身分に相当するのが女御（にょうご）で、この中から中宮が選出されます。そして最も低い身分とされるのが更衣であり、それでも桐壺更衣はあり余るほどの格別な扱いを帝から受け、自らも高貴な人らしく気丈にふるまい、最も帝に近い妃となるほど魅力的な女性でした。

キリの花咲く邸に住む

宮中では身分ごとに住まいが分けられ、身分が高いほど帝の住まいである清涼殿（せいりょうでん）に近い場所に居を構えることができます。桐壺更衣の身分は低かったので、後宮（こうきゅう）（宮中の皇族が住まう区画）でも清涼殿の東北で御所の中心部からひときわ離れた淑景舎（しげいしゃ）と呼ばれる邸（やしき）を住まいとしました。そこは中庭にキリの木が植えられ、初夏には美しい紫色の花を咲かせていたといいます。

桐壺というのは「キリの庭」という意味で、桐壺更衣の名はこれにちなみます。キリの花は辺りに甘い香りを漂わせ、その芳ばしさが、難しい立場にあった桐壺更衣を見た目の美しさとともに慰めたに違いありません。

キリは、当時高貴な色とされた紫色の花を咲かすことから徳のある樹木とされ、中国では皇帝を象徴する聖なる鳥として崇められる鳳凰が、キリの木を住まいにするという伝説があります。だからこそキリは、低い身分でも宮中で気丈に振舞い続けた桐壺更衣のシンボルといえるのかも知れません。

その葉が文様として意匠化され、多くの場面で用いられたキリの花言葉は「高尚」。これは高貴な色である紫の花を咲かすのに加え、鳳凰が住む樹木であると信じられた故事にちなみますが、身分の低さをものともせず帝の側に控えた桐壺更衣の存在そのものを表す花言葉だと言っても過言ではありません。

光源氏の母になるも一身に不幸を背負う

桐壺帝と桐壺更衣の間に生まれた皇子はまるで光り輝くように美しい男の子でした。この子が後の光源氏ですが、残念ながら桐壺更衣自身は息子の成長を見届けることなくこの世を去ることになります。

清涼殿から離れた場所に住んだ桐壺更衣は、帝のもとへ赴くさいに後宮の長い廊下を歩かなくてはなりません。この道すがら、嫉妬する他の妃たちの企みで着物の裾を汚されたり、またあるときは小部屋に閉じ込められたりといったひどい仕打ちを受け続けた桐壺更衣は、心身ともに弱り果ててしまいます。

我が子の三歳の誕生日をなんとか祝うことができたものの、この皇子のまれに見る美しさに嫉妬した者たちによる意地悪で衰弱した桐壺更衣は療養のための里帰りをすると、幼い息子を残してそのまま亡くなってしまうのです。

一身に不幸を背負い、短い生涯を閉じた桐壺更衣。やがて、その遺児は成長して光源氏となり、記憶もおぼろげな亡き母の面影を追うように多くの女性たちとの恋の駆け引きに身を投じていきます。

藤壺中宮（ふじつぼのちゅうぐう）

桐壺更衣亡きあと桐壺帝の中宮となり、はからずも義理の息子にあたる光源氏の子を産む「輝く日の宮」。

「輝く日の宮」の異名をとる

光源氏を産んでから間もなく亡くなる桐壺更衣を、ことのほか愛した桐壺帝が彼女の面影を持つという理由で妃に迎えたのが藤壺宮、後の藤壺中宮です。幼き光源氏も亡き母に匹敵する美貌を持つと噂される藤壺宮に憧れ、季節の花やモミジを贈るのでした。そんな仲のよい二人の様子を見た人々は光源氏を「光る君」、藤壺宮を「輝く日の宮」とそれぞれ呼んで誉めそやしま

ナデシコ（撫子）

学名：*Dianthus*
分類：ナデシコ科　常緑多年草
原産：アジア、ヨーロッパ、北アメリカなど
開花：主に４～８月
特徴：耐寒性が強く四季咲き性のものが多い

した。

許されぬ恋

成人してからも藤壺宮のことが忘れられない光源氏は、親友で義理の兄にあたる頭中将をはじめとした男友達らと恋の話をしていても、頭の中は彼女のことでいっぱいです。藤壺宮の姪で叔母によく似た若紫（後の紫の上）を強引に引き取ったのも、父帝の妃という手の届かぬ身分にある藤壺宮への思慕の念が、背景にあります。

正妻である葵の上との仲が上手くいかないこともあり、光源氏の藤壺宮への思いは募るばかり。ある時、藤壺宮が体調不良を理由に宮中から離れたのをいいことに、侍女の手引きで藤壺宮に近づいた光源氏は、強引に彼女と関係を結んでしまいます。藤壺宮も光源氏を拒めず、やがて彼女は後に冷泉帝となる男の子を産みます。真相を知らない桐壺帝は皇子の誕生を喜びますが、藤壺宮は罪の意識に苛まれ、光源氏も父帝に対してうしろめたさを感じるのでした。

❀我が子をナデシコの花に例えて

桐壺更衣の名前の由来が「キリのある庭」であるのと同じように、藤壺中宮の名も邸に「フジのある庭」があったことにちなみます。そこで、この項では、フジの花を紹介したいところですが、中宮になる前の藤壺宮と光源氏がナデシコの花にかけて印象深い歌を贈り合っているので、ここでは、ナデシコについて触れることにしましょう。

【第七帖「紅葉賀」】で、青海波（舞楽の演目の一つ）を華麗に舞う光源氏の姿に感動しつつも、藤壺宮の心は晴れません。その後まもなく皇子を出産した彼女は、赤ん坊があまりにも光源氏によく似ているのに驚きますが、真相を知らない桐壺帝はこの若宮を大変可愛がり、いっぽうの藤壺宮は罪の意識から光源氏から距離を置くようになります。

歌川国貞〈源氏絵物語〉第七帖「紅葉賀」
東京都立中央図書館蔵

そんなある日、父帝のもとを訪ねた光源氏は、自分の子である若宮を見て複雑な思いを抱き、涙をこぼします。その後自宅に戻った彼は庭のナデシコの花を折らせ、それに歌を添えて藤壺宮に仕える女房（宮中でひとり住みの部屋を与えられた高位の女官）へと送り、取り次ぐよう求めます。

よそへつつ見るに心は慰まで露けさまさる撫子の花
（我が子になぞらえつつ見ていても、心は慰められず、涙の露に濡れるナデシコの花であることよ）

光源氏は、この歌に「自分の庭に咲いてもらいたかったナデシコのように愛らしい息子ですが、今となってはどうしようもありません」という意味の文を加えました。この手紙を受け取った事情を知る侍女が「どうか、ほんの少しでも、この〈花びら〉にお返事を」と主にうながすと藤壺宮は、

袖濡るる露のゆかりと思ふにもなお疎まれぬやまと撫子

(袖を濡らす涙のもとと、やはり疎ましく思う大和撫子のように愛しい我が子です)

とだけ書いて光源氏へと届けさせるのでした。

「大和撫子(やまとなでしこ)」などといって、今では魅力的な日本女性を意味するナデシコの花ですが、古くは光源氏と藤壺宮のやりとりに見られるような男女を問わず可愛らしい子どものことを意味し、「撫(な)でし子」が元になってナデシコと呼ばれるようになったともいわれています。

ナデシコには古くから穢(けが)れを払う力があると信じられ、先人が河原で子どもたちをこの花で撫でて無病息災を祈ったという話もあり、こうした風習も「撫でし子」の名の由来になったようです。そして、ナデシコは秋の野を愛らしく彩り、今でも見る者の心を清め癒(いや)してくれているのです。

桃色の可憐な花の様子から「貞節(ていせつ)」という花言葉を持つナデシコ。皮肉なことにその誓いを破ってしまった藤壺宮にとってナデシコは忌まわしい過去を意味する花になってしまったようです。

その後、光源氏は実の息子である皇子の後見人になりますが、中宮となった藤壺宮

への思いを捨て切れずにいました。

桐壺帝崩御（ほうぎょ）の後、光源氏の思いに耐えきれなくなった藤壺中宮は東宮（とうぐう）（皇太子）となった息子の立場を守るため、秘密を胸にしまったまま出家し、その後、失意のうちに亡くなります。光源氏の恋を受け止めつつ、高貴な女性らしく毅然と振舞った藤壺中宮は、光源氏にとって忘れがたき女神のような存在でした。

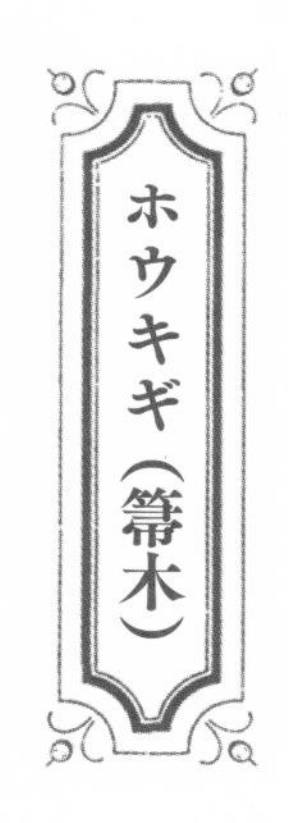

空蟬（うつせみ）

若き日の光源氏が恋した女性で、身分の違いから源氏の求愛を固辞し、やがて仏道に専念する意志の強い姫君。

世の不条理の体現者

気の合わない葵（あおい）の上（うえ）との政略結婚に不満を持つ光源氏は、十代後半に差しかかったこともあり、友情や恋に対し多感になっていました。そんな光源氏が初めて手痛（ていた）い失恋を味わう相手が**【第三帖「空蟬（うつせみ）」】**にて初登場する空蟬（うつせみ）です。

宮中で護衛（ごえい）の任にあった貴族の父を持つ空蟬は、父の没後、不本意ながら地方行政官を務めた老齢の貴族・伊予介（いよのすけ）の後妻とな

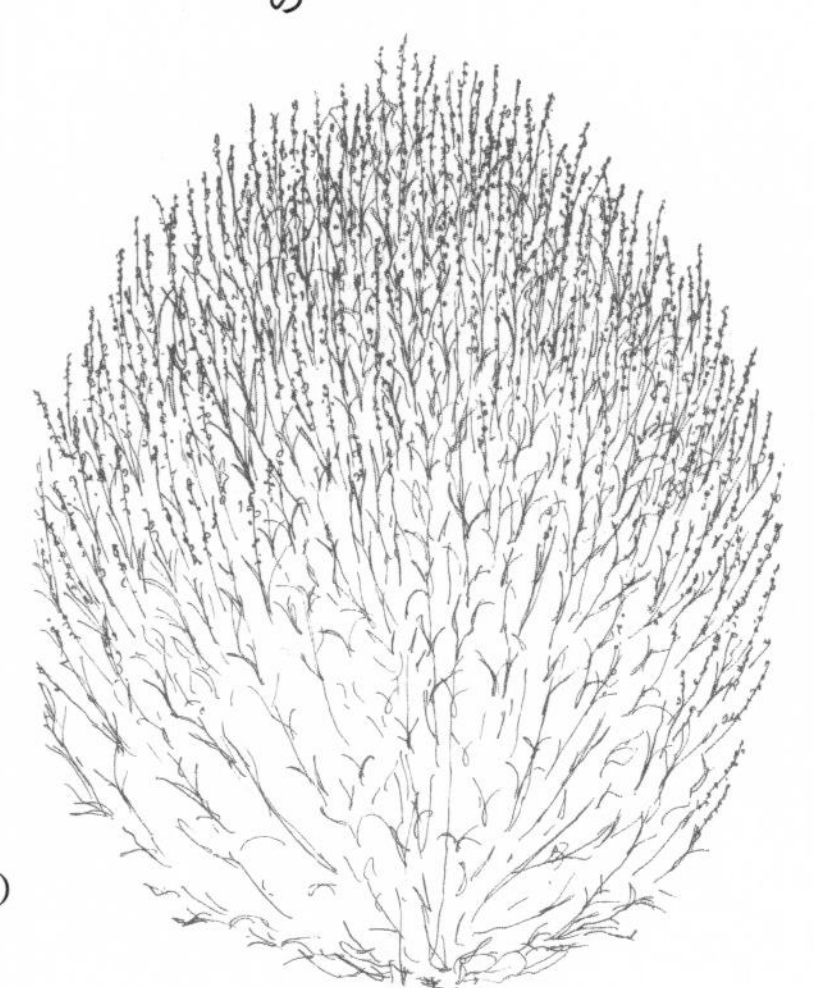

ホウキギ（箒木、コキア）

学名：*Bassia scoparia*
分類：ヒユ科　一年草
原産：ユーラシア大陸原産
開花期：9月（紅葉期：10～11月）
特徴：日なたと水はけを好む

ります。貴族でありながらも実家の後ろ盾を失った女性がいかに苦労して生きなければならなかったか、空蝉はそんな理不尽な世の体現者でもあります。

伊予介一族の邸（やしき）をたまたま訪れた光源氏は偶然そこにいた空蝉に興味を覚え、隙を見て強引に一夜を共にしてしまいました。光源氏の突然の来訪に身分の違いを訴えつつ抵抗する空蝉でしたが、男性としての光源氏の魅力には抗（あらが）えず、迷いながらもその時は相手のなすがままに身をゆだねてしまいます。

光源氏からすると空蝉は、それというほどの器量の持ち主ではありませんでしたが、中流貴族らしい美しい所作（しょさ）が魅力的な恋の相手には違いありませんでした。

歌川国貞〈源氏絵物語〉第三帖「空蝉」
東京都立中央図書館蔵

帚木のような人

空蝉を忘れられない光源氏は、空蝉の弟である小君（こきみ）と交流を持ち、衣服を与えるなどして世話します。そして暇を見ては空蟬の逗留する邸を訪ね、小君を通じて彼女に会いたい旨を伝えますが、空蟬は「貴族としては身分の低い地方行政官の妻としてではなく、亡くなった両親が守ってくれる家にいたならば、光源氏の君からの求めをこちらからお待ちできたことだろう」と内心悔やみながら、光源氏をはぐらかし続けます。「そして、身分の違いは自分ではどうしようもできないことなのだから、このまま嫌な女で通そう」と覚悟を決めます。

小君が運んでくる空蟬のつれない返事にすっかり落ち込んだ光源氏は、次の歌を空蟬へと贈ります。

帚木の心を知らで園原の道にあやなくまどひぬるかな

(遠くを見るとあるが、近づくとなくなる帚木の心も知らずに、
それのある園原の道に、つまらなくも惑ったことだ)

帚木というのは信濃の園原という所にあると伝わる幻の森に由来し、その森は遠くから見るとまるで箒のように茂っているのですが、近くに寄れば消えてしまうとい

う不思議な言い伝えがあり、光源氏は一夜を共にしながらも、次には自分の前に姿を現さず、つれない態度をとる空蝉をその箒木になぞらえて、彼女の薄情を嘆くのでした。

これには空蝉も心苦しくなり、

数ならぬ伏屋(ふせや)に生(お)ふる名の憂さにあるにもあらず消ゆる箒木

(ものの数ではない賤(いや)しい伏屋に生えている身の辛さから、
あるにもあられず消える箒木でございます)

という歌を小君に託して光源氏に返します。この歌からは、自分には光源氏の求めに応じたい気持ちが確かにあるものの、身分の違いからそうはできない空蝉の切ない本心がしっかりと伝わってきます。

ここに出てくる箒木は空想上の木ですが、その名を受け継いだのが、夏から秋にかけて真っ赤に変色し、私たちの目を楽しませてくれるコキアの呼称でも馴染まれたホウキギです。

その名の通り乾燥させた茎が箒がわりになるホウキギはユーラシア大陸を故郷に持つ一年草で、その果実が「畑のキャビア」の異名をとる「とんぶり」の原料となることから、食用植物としても知られています。

ホウキギは、かなり古い時代に我が国にもたらされて栽培されましたが、「源氏物語」に出てくる箒木が今日知られるホウキギを指し示している可能性は低いものと思われます。けれども、光源氏と空蝉のエピソードに登場する箒木を思う時、コキアことホウキギをイメージする人は決して少なくないでしょう。

満を持して真っ赤に紅葉することからホウキギの花言葉は「忍耐強い愛」。その花言葉に相応しいかどうか分かりませんが、空蝉と光源氏の不思議な縁(えにし)はある意味で忍耐強く、そして長い間続きました。

得難い学びをくれた人

その後も光源氏は空蝉が住む邸を訪れ、彼女に近づく機会をうかがいます。ある時、光源氏は空蝉と、その義理の娘の軒端(のきば)の荻(おぎ)が碁を打つ姿を垣間見ます。美人ではあるけれど品格に欠ける軒端の荻に比べて、派手さはないけれど上品な空蝉のほうがやはり光源氏の目には魅力的に映ります。

その夜、たまらず空蟬の寝室に忍び込んだ光源氏ですが、それを察知した空蟬は素早くその場から逃げ、光源氏は側に寝ていた軒端の荻とともに取り残されてしまい、作戦は空振りに終わります。

まだまだ若く経験不足の光源氏が、自分より身分の低い空蟬をどこか見下して意のままにしようとし、その末に痛いしっぺ返しを食う話は、光源氏に人としての成長をうながす大切なエピソード。

世の中の酸いも甘いも味わい尽くした空蟬はその後仏道に救いを求め、地味ながら実直に生きる彼女のことを、光源氏は長きに渡り支援することになります。

ユウガオ（夕顔）

夕顔（ゆうがお）

光源氏の前に突然現れては儚く消えた若き女君で、源氏のライバルにして親友の頭中将との間に後に源氏の養女となる玉鬘をもうける。

謎の女君

登場場面は【第四帖「夕顔（ゆうがお）」】のみで短いものの、絶大なインパクトを作中に残す女性キャラクターが夕顔（ゆうがお）です。例えようもない神秘性をともない自分に関わってきた素性（すじょう）知れずの女性の、機知（きち）に富んだ教養の高さに魅かれた光源氏は、身分を隠してその女性・夕顔のもとへと通います。

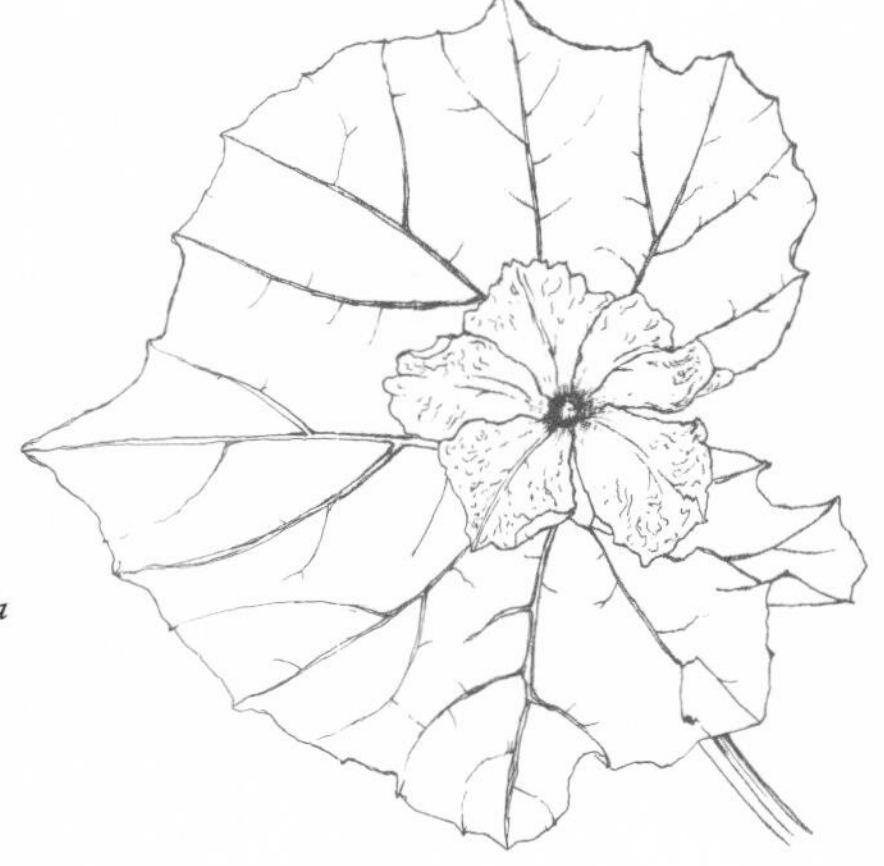

ユウガオ（夕顔）

学名：*Lagenaria siceraria* var. *hispida*
分類：ウリ科　一年生つる植物
原産：北アフリカ原産・インド
開花：8～11月
特徴：日当たりと水はけを好む

夕顔との関係を深めたいと望んだ光源氏は、その年の秋に彼女を廃虚同然の邸へと連れ出しますが、そこへ恐ろしい物の怪がやってきて夕顔に取り憑き、その命を奪ってしまいます。困惑した光源氏は従者の惟光に命じて夕顔の亡骸を山奥の寺院に運ばせ、そこで亡き想い人を弔いましたが、ショックのあまりそれからしばらく臥せってしまいます。後日、ようやく衝撃から立ち直った光源氏は、夕顔の女房（女官）を務めていた右近を自邸に呼び、夕顔について様々な情報を得ます。

かつて常夏と名乗っていた夕顔が光源氏の親友・頭中将の愛人であったこと、頭中将の正妻に脅されて身を引いたこと、彼との間に女の子をもうけたことなどを右近から聞いた光源氏は、いつか夕顔の忘れ形見を引き取って世話したい気持ちを右近に打ち明けるのでした。

光源氏が美しく成長した夕顔の娘・玉鬘と出会い、この時の望みを叶えるのは少し後のことになります。

ユウガオの歌遊び

夕顔の旧称である常夏というのはナデシコの別名です。彼女が夕顔という名で知られるのは、作中における光源氏とのユウガオの花を通したやりとりがその背景にあります。

従者を務める惟光の母で自分の乳母だった大弐を見舞いに出かけた光源氏は、近所の塀に蔓を這わせながら白い花だけがいきいきと咲いているのを見つけ、大弐邸の門番に花について尋ねると「あれはユウガオの花と申します。こうした賤しい身分の家の垣根に咲くのです」と説明されます。

すると、その邸から可愛らしい童女が出て来て、香を深くしみ込ませた白い扇を光源氏に手渡し、「これに花を載せてくださいまし、枝もごつごつしていますから」という意味のことを言います。

その足で大弐を見舞った光源氏が帰り際に、ふとあの香を焚きしめた扇に目をやると、それには、

心あてにそれかとぞ見る白露の光添へたる夕顔の花

（推し量るに、確かにその人と思って見ています、夕方の白露が光を添えている夕顔の花を）

という何者かによる歌が書いてあります。

扇に歌を書いて贈ることといい、ユウガオの花を相手に例えてそれとなく誘ってきていることといい、光源氏はこの歌の贈り主に並々ならぬ才気を感じ、ユウガオが咲く塀の向こうに住む、筆跡からして女性に違いない相手にただならぬ興味を抱きます。

光源氏は返事として次の歌を詠み、それを謎めいた扇の贈り主に返します。

寄りてこそそれかとも見めたそかれにほのぼの見つる花の夕顔

（近寄って、それが誰だかを確かめるべきです、
たそがれの光にほのかに見たというその夕顔の花を）

夕方から夜にかけてひっそりと咲くユウガオは、暗くなってから咲く花に多い白い花をつけます。これは花粉の媒介者（ばいかい）の昆虫が暗闇の中でも花を見つけやすくするためであるとする説があります。

歌川国貞〈源氏絵物語〉第四帖「夕顔」
東京都立中央図書館蔵

ユウガオと呼称の似たアサガオやヒルガオがヒルガオ科に属す花であるのに対し、ユウガオはウリ科に属し、かんぴょうの素材となるふくよかな実をつけます。開花するのが夕刻から夜にかけてなので目立たないユウガオですが、そんな地味な花に興味を持った光源氏に扇の贈り主である夕顔も魅力を感じたのでしょう。

夜だけ咲くどことなくミステリアスなユウガオの花。それに例えられた謎の姫君・夕顔もまるでこの花のように神秘性にあふれ、また不思議なほどあっさりとこの世を去っていきます。まるで「儚(はかな)い恋」というユウガオに与えられた花言葉ぴったりの展開です。個性的な花と魅力ある登場人物の絶妙な結びつけ方は「源氏物語」の作者、紫式部の真骨頂といえます。

光源氏の心に残り続ける花

もしかしたら夕顔は通りすがりの光源氏をかつての愛人である頭中将と勘違いしたのではないかとの考えもあります。夕顔自身が自作の歌でユウガオの花を「その人」と特定しているあたりがそう思わせます。いくら光源氏が身分を隠していたとはいえ、情事を重ねるうちに相手が頭中将でないことは夕顔にもわかっていたことでしょう。それでも光源氏と逢い続けたのは夕顔自身、「光る君」の魅力の虜（とりこ）になっていたからではないでしょうか。

光源氏は自分のせいで夕顔が亡くなったのだと思い後悔し続け、だからこそ彼女の忘れ形見である玉鬘を後に養女にすることで夕顔を供養しようとしたのでしょう。

ところが、光源氏は、夕顔の面影を持つ玉鬘の魅力に抗（あらが）えず、ことあろうに玉鬘に恋をしてしまいます。こうして一瞬にして儚く散った一輪のユウガオの花は後々まで光源氏の心に残り続けることになりました。

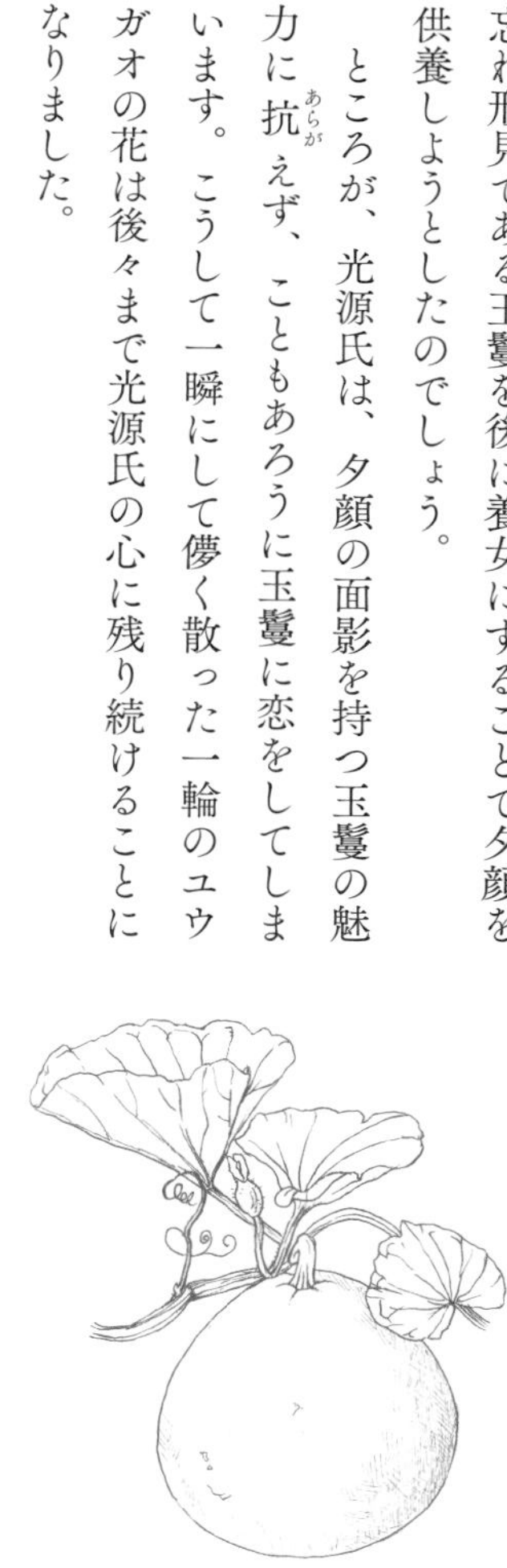

サカキ（榊）

六条御息所（ろくじょうのみやすどころ）

かつての東宮の妃で、源氏の年上の恋人にして秋好中宮の母。

悲しみのあまり災いをもたらす高貴な女性

光源氏の妻・葵（あおい）の上（うえ）は後に夕霧（ゆうぎり）となる男の子を産んだ直後に、何者かの生霊（いきりょう）に取り憑（つ）かれて命を落とします。その生霊の正体は光源氏の年上の恋人・六条御息所（ろくじょうのみやすどころ）で、夜な夜な本人の身体を抜け出て他者を苦しめる厄介（やっかい）な存在なのでした。

六条御息所は由緒正しき家柄の人で、東宮妃（とうぐうひ）にまでなるものの、夫に先立たれ、そのさびしさを紛（まぎ）らわせるために自分よりも若い光源氏との恋に夢中になったのでしょう。

サカキ（榊）

学名：*Cleyera japonica*
分類：モッコク科　常緑小高木
原産：本州、九州、朝鮮半島、中国など
開花：６～７月
特徴：日なたから明るい日陰を好む

葵の上との夫婦生活がしっくりとこない光源氏は、この年上の恋人との逢瀬(おうせ)を重ねたものの、その心は少しずつ六条御息所から遠のいていきました。六条御息所が無自覚ながら己の生霊を葵の上に取り憑かせて死に至らしめたのは自分に対する光源氏の冷たい態度に傷ついたことが直接の要因です。

ケシの匂いで自らの所業を知る

葵の上の事件の後、六条御息所自身、時おり魂が抜けたような感覚に襲われることがありました。そして、彼女はケシの種からできた香(こう)の匂いが自分の身体にしみついているのに気づきます。

ケシの香は悪霊退散(あくりょうたいさん)の祈禱(きとう)のさいに用いる香で、こんな香を用いた記憶は六条御息所になく、髪の毛を洗っても着物を替えてもその匂いは落ちません。そしてついに彼女は自分が生霊として身体を抜け出して何かよからぬことをしていると悟り、震え上がるのでした。

このあたりは現在のホラー小説や映画を先取りしている感じで、紫式部は今に通じるサービス精神の持ち主だったのかも知れません。

清らかなサカキを手向けられて

生霊騒動ですっかり疲れ果てた六条御息所に光源氏は一抹の未練を抱いていました。帝（みかど）に代わり伊勢神宮で奉仕する巫女（みこ）たる斎宮（さいぐう）を務めることになった娘の前斎宮（さきのいつきのみや）（後の秋好中宮（あきこのむちゅうぐう））とともに伊勢へ渡ることにした六条御息所は、とり急ぎ野の宮の社（やしろ）で旅の準備を整えることにしました**【第十帖賢木（さかき）】**。

そこへ光源氏が訪ねてきますが、六条御息所は気後（きおく）れして彼に会おうとしません。すると光源氏は手折ってきたサカキの枝を御簾（みす）（すだれ状の幕）に挿して、「この葉のように変わらない私の心に導かれて、神の神聖な垣根を越えてまでしてここに来ましたのに、このような仕打ちをなさるなんて」と使いの者を介してかつての恋人に苦言を呈します。

それに対し六条御息所は「古今和歌集（こきんわかしゅう）」にあるスギの木が目印の家を詠んだ歌にかけて、

神垣（かみがき）はしるしの杉もなきものをいかにまがへて折れる榊（さかき）ぞ

（ここの神の垣根には目印となるスギの木もありませんのに、

どう思い違いをなさってサカキなど折ってこられたのでしょう）

と少しつっけんどんな歌を光源氏へとよこします。

すると光源氏は次の歌を返してここへとやって来た理由を述べます。

少女子（おとめご）があたりと思へば榊葉（さかきば）の香（か）をなつかしみとめてこそ折れ

（神に仕える清い乙女がいらっしゃるあたりと思えばこそ、
　サカキの葉の香りが懐かしくなり、探して折ってきたのです）

歌川国貞〈源氏絵物語〉第十帖「榊」
東京都立中央図書館蔵

間もなく巫女となる最愛の娘を尊重した、光源氏のこの見事な返歌に六条御息所の心も少しはほだされ、その後、かつての恋人と夜を徹して語りあったといいますが、その会話の内容については「二人にもいろいろあるのだから」という感じで、あれこれ明かしていないのも作者である紫式部の粋な計らいです。

常緑樹のサカキは通年変わらない光沢のある葉が不変の概念と結びつき、昔から神々の依り代（よりしろ）に相応しいとされた神木（しんぼく）です。神芝（かみしば）とも呼ばれ、ある地域では正月に門松の代わりに用いられることもあるようです。光沢がある門松に人々はより一層の神々しさを感じたことでしょう。

サカキは漢字で榊と書きますが、この「木」と「神」を合わせた字は日本固有のもので、それだけ我が国における重要な樹木として特別視されたのがうかがえます。神社の行事で奉納するサカキの枝葉を玉串（たまぐし）と呼び、これは「古事記（こじき）」などでサカキの木に神聖な飾り物である玉を下げて奉（たてまつ）ったことにちなむという説もあります。

光源氏はこのように神聖視されたサカキを贈ることで、六条御息所と、巫女を拝命したその娘に最大限の敬意を払ったのです。

最後まで娘を案じて

その後、伊勢での務めを果たした娘の前斎宮と連れ立って都へと戻って来た六条御息所は自分の命が長くないことを悟り、娘を光源氏に託して出家した後に間もなく亡くなります。光源氏は六条御息所への弔いを兼ねて前斎宮を養女とし、さらに東宮妃に推すなどして支援し続けました。そして、その支援の甲斐があり前斎宮は秋好中宮となり、宮中において大切な役割を果たし、母である六条御息所の愛に報いるべく努めたのです。

末摘花（すえつむはな）

貴族の父を亡くした後、荒れ果てた邸でひっそりと暮らす一途な姫君。

ピュアな心を持つ不運な姫君

「源氏物語」には多くの容姿端麗で社交的な女君らが登場しますが、彼女たちとは一線を画す末摘花（すえつむはな）は極端に内向的な女性です。しかし、亡き父の教えを守りながら慎（つつ）ましく暮らす純真で一途な心の持ち主の末摘花に感動した光源氏は、その後長きにわたりこの不運な姫君を庇護（ひご）することになります。

ベニバナ（紅花）

学名：*Carthamus tinctorius*
分類：キク科　一年草または越年草
原産：エジプト
開花：6月
特徴：日なたと水はけを好む

極端に内気な人

では、末摘花がヒロインの【第六帖「末摘花」】を見ていきましょう。

今は亡き常陸宮という皇族が晩年にもうけた姫君が、荒れ果てた邸で寂しそうに琴を奏でながら暮らしているとの話を大輔の命婦という若き女房（女官）から聞いた光源氏は、その孤独な姫君に同情しつつ興味を覚えます。

空蟬に去られ、夕顔も亡くなり、思い通りの恋が成就せずにもやもやしていた光源氏は気晴らしに大輔の命婦に案内させて故常陸宮邸に出向き、その姫君が弾く琴の音色に耳を傾けるのでした。

姫君への言伝を大輔の命婦に依頼し自邸に帰ろうとした光源氏の前に、親友で恋のライバルでもある頭中将が現れます。頭中将は勤め帰りに普段とは違う方向へ出かける光源氏を見つけて「これは何かある」とにらんで後をつけてきたのでした。恋のライバル同士、互いにその姫君に手紙を出そうということになり、相手の返事を待つことにしますが……。

たびたび手紙を出したものの、なかなか返事が来ないので業をにやした光源氏は、秋になると大輔の命婦と申し合わせて再び姫君の邸を訪れます。人見知りの激しい姫君は光源氏から贈られた歌の返事も満足にできず、代わりに乳母(うば)の娘に返事をさせるというありさま。さすがにこれには光源氏も腹を立てて帰ってしまいます。

末摘花に例えられて

それでも、まるで自分をさらけ出さない内気なあの姫君の正体を見届けたいという好奇心に駆られた光源氏は、冬に入ると再び故常陸宮邸へと赴(おもむ)き、あまりにも時代遅れで古ぼけた仕事部屋で使用人らが雑務をこなし、粗末な食事をしているのを目(ま)の当(あ)たりにします。それはまさに没落貴族そのものの家の有様でした。

光源氏の訪問を歓迎した女房らの仲立ちで目当ての姫君と対面した光源氏ですが、姫君は寡黙(かもく)な上に部屋が薄暗くてまったくといっていいほど姿がはっきりしません。

こうしてお互い何の進展もないまま一夜が明け、雪明りに照らされた姫君の姿を見た光源氏は驚きます。姫君の極端なまでに高い座高と、まるで象のように長く伸びて垂れ下った鼻の先が赤味を帯びた様子に、ただ困惑するばかりの光源氏なのでした。

後日、姫君から余りできのよくない歌を贈られた光源氏は、歌が書かれた手紙の余白にこういたずら書きをしました。

なつかしき色ともなしに何にこの末摘花を袖に触れけむ
（特段なつかしい色でもないというのに、なぜにこの末摘花に袖を触れてしまったのか）

光源氏は赤鼻の姫君を末摘花、つまりベニバナに例え、「どうして袖に触れて関わってしまったのか」と、まるでやれやれといった感じです。光源氏のその歌を横からのぞいた大輔の命婦も姫君の赤鼻とベニバナの連想を思い浮かべては思い出し笑いする始末。

歌川国貞〈源氏絵物語〉第六帖「末摘花」
東京都立中央図書館蔵

ベニバナは遥か遠くのエジプトを故郷に持つ、古くから染料の素材として世界各地で重宝された花です。日本には飛鳥時代に伝わり、花から採れる朱色が人気を集めました。染料として用いられるのは茎の末端につく細い花弁で、染色職人はこれを摘んで朱の色を得ました。引っ込み思案の姫君に与えられた末摘花の呼称もこれにちなんでいます。

ベニバナから採れた染料は口紅の材料になります。そのためこの花には「装い」という花言葉があります。口紅といえば、女性を美しくする化粧品です。けれども、「源氏物語」の末摘花はおよそ美しさとは縁のないふうに描かれています。しかし、彼女の一途で純粋な心が今日までベニバナとともに伝えられているのは何よりの救いです。

フジのかかるマツがその家の目印

その後、いったん須磨へ退去するなど、何かと多忙だった光源氏は末摘花のことはすっかり忘れていました。

諸々のことが落ち着いた頃に見覚えのある邸の前を通りかかった光源氏は**【第十五帖「蓬生」】**で、ますます貧しくなった末摘花と再会します。

意地悪な叔母にそそのかされそうになったり、庭が荒れ果てたり、次々と侍女たちが離れていったりしても、亡き父の面影を大切にし、古風な暮らしを守りながらも、自分に心を開いてくれた光源氏の再訪を末摘花はただひたすら待ち続けていたのです。
末摘花の純真さに心打たれた光源氏は、

藤波の打過ぎがたく見えつるは松こそ宿のしるしなりけれ
（フジの花を通り過ぎがたく思ったのは、
それがかかるマツの木がこの家のしるしだと思ったからです）

という粋な歌をこの純真な姫君に贈り、末永い支援を約束しました。引っ込み思案の末摘花は、その一途さで光源氏の心の琴線に触れたのです。

ササ（笹）

学名：*Sasa*
分類：イネ科　常緑多年草
原産：日本固有種
開花：まれに５～７月
特徴：半日陰を好む

ササ（笹）

朧月夜の君（おぼろづきよのきみ）

光源氏の政敵である右大臣の娘だが、源氏と恋仲になる。

どことなくくだけた姫君

しばしば超人的な活躍を見せる光源氏でも失敗はあります。そんな失敗の一つが政敵としてにらみ合う右大臣の娘・朧月夜（おぼろづきよ）の君（きみ）こと六（ろく）の君（きみ）との恋です。

右大臣や弘徽殿（こきでん）の女御（にょうご）ら右大臣家の人々に六の君との密会がばれた光源氏は、とうとう都にいられなくなり、須磨（すま）への退去を余儀（よぎ）なくされます。

光源氏にとっては災いである六の君との情事ですが、当の六の君は父の右大臣と源氏の確執をさほど気に留めず、関係が知られた後も光源氏を慕い続けます。その登場のしかたも、深夜に歌を口ずさみつつ現れるという名家の姫君らしからぬくだけた様子で、光源氏がつけた朧月夜の君というあだ名も出会いがしらに彼女が口ずさんだ歌にちなみます。

草の中を探しても見つからない

【第八帖「花宴」】は光源氏と朧月夜の君の出会いを描いた巻です。恋い焦がれる藤壺宮（後の藤壺中宮）になかなか会えないでいた光源氏は、酒に酔った勢いで新たなる出会いを求めて一人夜の町に繰り出します。右大臣の娘・弘徽殿の女御の旧宅の前を通った光源氏は奥から次の歌を口ずさみながら近づいてくる若い女性と出会います。

朧月夜に似るものぞなき……

これは、平安時代初期の歌人、大江千里による「照りもせず曇りもはてぬ春の夜の朧月夜にしくものぞなき」（はっきりしない春のおぼろ月夜は他にくらべようもない）の歌にちなんだもので、確かにその夜は霞がかった月が綺麗な夜でした。光源氏は奔放な雰囲気のその女性に声をかけ、一夜を共にします。

明け方、名も知らぬその女性に素性を訊ねる光源氏ですが、女性は、

憂き身世にやがて消えなば尋ねても草の原をば訪はじとや思ふ

（私の憂き身がこのまま消えたとしても、

私が葬られた草の原を訪ねようとまではお思いにならないでしょう）

と言って、「それほど真剣な恋ではないのでしょう」と光源氏をはぐらかします。

それに対し、光源氏は「これは失敬」とわびながら、次の歌を返します。

何れぞと露の宿りを分かむ間に小笹が原に風もこそ吹け

（露のようなあなたの身の上を知ろうと尋ねている間に、

小笹が生えた野原に風が吹いて露が吹き飛んでわからなくなったら大変でしょう）

「風が吹くように世間が騒ぎ始めて、小笹についたあなたという露がどこかに吹き飛んで会えなくなったら嫌です」という気持ちをササについた露にこめて源氏は本気のほどを伝えます。

ササは古くから日常的に見られた植物で、郊外の藪（やぶ）の植物を代表する存在です。ササの葉のような草葉についた露の美しさに目を留めた先人は、そんな儚（はかな）い露を大切な人になぞらえてしばしば歌にしました。

歌川国貞〈源氏絵物語〉第八帖「花の宴」
東京都立中央図書館蔵

また今日の七夕の前身として願い事を書いたカジの葉をササやタケに吊るす習慣もあり、ササは儀礼の場でも欠かすことのできない植物です。ちなみにタケは「長（た）ける」、ササは「些少（さしょう）なり」に通じるというので、同じ仲間でもタケは長く、ササは短いものという区分がされていたようです。実際にはタケノコを覆う表皮を完全に脱ぎ捨てて成長するのがタケ、表皮を部分的に残したまま成長するのがササであると定義されています。

ササは匍匐茎と呼ばれる地上を這うように伸びる茎を広げて増え、こうしてできたササの群生を笹原といいます。もしも朧月夜の君がササについた露だったとしたら、そこに風が吹いて露が吹き飛んでしまえば広大な笹原を探すのは光源氏が言うとおり大変なことです。

朧月夜の正体見たり

一夜だけの交流でしたが、光源氏は朧月夜の君と名づけた、あの娘のことが忘れられません。唯一の手掛かりは彼女が右大臣家に出入りする者であることと、別れ際に交換した扇だけです。

その後、珍しいことに政敵の右大臣から光源氏へ藤見の宴の誘いがありました。政敵といっても、同じ宮中で務める者同士、時には社交辞令的な交流が必要です。

右大臣の誘いに乗った光源氏は隙を見て、邸の奥に立ち入り、女君らの部屋に忍び入ります。そこで、扇にちなんだ替え歌を歌って様子を見る光源氏。女性たちは口々に「帯を替え歌にするならわかるけれど、扇なんて珍しい」とささやいて不思議がります。しかし、光源氏は唯一口をつぐんで気まずそうにしているうら若き女性がその場にいたことを見逃しませんでした。

その女性に近寄った光源氏は、ようやくその娘が朧月夜の君こと六の君であるのを突きとめます。その時、我慢できなくなって嬉しそうに歌を詠みあげるその姫君の声は、そう確かにあの自由奔放な朧月夜の君のそれなのでした。

モミジ　カエデ
（紅葉、楓）

学名：*Acer*
分類：カエデ科　落葉高木
原産：北半球の温帯
開花：４〜５月
特徴：日なたを好み、乾燥を嫌う

モミジ（紅葉）

秋好中宮（あきこのむちゅうぐう）

光源氏のかつての恋人・六条御息所の娘で、光源氏に養女として迎え入れられた後、冷泉帝の中宮となる。

伊勢の巫女から帝の妃に

光源氏の年上の恋人、六条御息所（ろくじょうのみやすどころ）の娘で、帝（みかど）の代理として伊勢（いせ）で神事を司る斎宮（さいぐう）の巫女（みこ）を務めた才女が、前坊（ぜんぼう）の姫宮（ひめみや）こと、後の秋好中宮（あきこのむちゅうぐう）です。

光源氏との関係に終止符を打とうと、六条御息所は斎宮となる娘とともに伊勢へと旅立ちます。その後、自らの死を予見した六条御息所は都へと戻り、巫女の任を終え前（さきの）

斎宮となった娘を光源氏に託して出家し、そのまま亡くなってしまいます。光源氏は母親の面影を持つ前斎宮に魅了されますが、亡き母親の六条御息所に配慮し、その娘を養女として迎え入れます。

その後、光源氏は藤壺の元中宮と相談して前斎宮を冷泉帝の妃として入内（皇后、中宮、女御となる女性が正式に宮中に入ること）させるべく手筈を整え、それを実現。こうして、前斎宮に確固たる後ろ盾を与えることで亡き六条御息所に報いようと光源氏は心を砕いたのです。

秋を好む母親思いの姫君

【第十九帖「薄雲」】に次のシーンがあります。ある秋雨の降る日、冷泉帝の妃となり斎宮女御となった前斎宮のもとを訪れた光源氏は、亡き六条御息所を偲びます。母親に似て魅力的な斎宮女御に半ば言い寄る姿勢を見せた光源氏ですが、彼と母との関係を知る斎宮女御は源氏の態度に戸惑います。

微妙な空気を察した光源氏は話題を変え、「となりの唐土では春の花の錦に及ぶものはないと言っていますが、大和の歌は秋の哀れを取り立てており、どうにも目移りしてどちらが美しいか決めかねます。春の花木も、秋の草も一緒に楽しみたいと思いますが、あなたはどちらがお好みですか」と斎宮女御に尋ねます。

最初は答えに迷う斎宮女御でしたが「ある歌にもありますように、秋は大切な人が恋しくなり心が落ち着かなくなる季節とのこと。ですから、秋というのは露のように儚(はかな)く消えた母にも所縁(ゆかり)が深い季節だと思います」という意味のことを光源氏に伝えます。こうして秋を特別視した斎宮女御は、やがて中宮の座に就(つ)くと秋好中宮と呼ばれるようになります。

モミジを風の便りに

冷泉帝の中宮という重要な位に就いた秋好中宮のために、光源氏は自邸の六条院内に秋好中宮が実家として使用できる邸(やしき)を用意します。六条院はもともと六条御息所の住まいだった邸を改築したもので、その娘である秋好中宮にとって所縁のある場所です。

秋好中宮は奥ゆかしいのに加え、斎宮を務めただけあって立ち振る舞いに深みがある女性なので、周囲から敬(うやま)われました。光源氏の正妻格(せいさいかく)である紫(むらさき)の上(うえ)も何かと秋好中宮のことを気にかけて親交を深めようと努めます。

秋を好む秋好中宮と春を好む紫の上の優美な競い合いを楽しめる場面が**【第二十一帖「少女（おとめ）」】**にあります。木の葉がところどころ色づいた秋好中宮の実家の庭は何ともいえない風情です。そんな折、同じ六条院内に邸を構える紫の上のもとへ秋好中宮からの贈り物が届きます。

それは硯箱（すずりばこ）の蓋の上に秋の草花と紅葉したモミジの葉が取り混ぜられ載せられたもので、次の歌が添えられているのでした。

心から春まつ園はわが宿の紅葉を風のつてにだに見よ

（春を心待ちにしているそのお庭に、
こちらの秋の庭のモミジを風の便りとして贈りますのでご覧ください）

春の花木を好む紫の上は同じ硯箱の蓋にコケを敷き、その上に小石を配して岩に見立てたものに作り物のゴヨウマツの枝を飾り、次の歌とともに秋を好む中宮への贈答の品とします。

風に散る紅葉はかろし春の色を岩根の松にかけてこそ見め

（秋風に散るモミジはいささか軽すぎると思われ、
春の美しさを岩根のマツの常盤（ときわ）の緑に見ていただきたくて）

まさに秋と春の競い合いといった感じの贈答歌合戦ですが、そこにはほのかな茶目っ気も含まれており、一見子どもっぽいプライドのぶつかり合いのようでも、その根底に互いへの尊敬を感じる心地よいやりとりだと私は思います。

二人のやりとりを見た光源氏は秋好中宮に軍配を上げ、「今はモミジの悪口は言わずに、ここはひとつ譲って、春になったらあらためて花を題材に歌を交換したら勝機を見いだせるでしょう」と紫の上をいさめます。これが、紫の上の項で紹介した春の読経（どきょう）の会での秋好中宮と紫の上の歌の贈り合いへとつながっていきます。

モミジなどの落葉樹が秋から冬にかけて葉の色を変えた様を古くは黄葉（こうよう）と書き表しました。これは、中国における落葉樹の多くが秋になると黄色く色づくことに基づきます。

「源氏物語」が著(あらわ)された頃には、カエデやモミジを中心に葉が赤く色づく落葉樹にちなんで紅葉(こうよう)と表記されるようになります。また、紅葉と書いて「もみじ」と発音するようにもなっていきます。

ところで、カエデとモミジの違いは、前者は葉の切込みが浅く後者は切込みが深いところです。またカエデの語源が「カエル手」であるのに対し、モミジの語源は草木の色が変わるのを意味した古語「もみつ」だといわれます。

モミジの花言葉の一つが「大切な思い出」。モミジが見事に紅葉した風景を見れば、それは後々まで記憶に残る大切な思い出となります。秋好中宮にとって紅葉したモミジの葉を介しての紫の上とのやりとりは、きっと大切な思い出になったのではないでしょうか。

そして、モミジの葉のように儚く散っていった母・六条御息所を忘れぬように、娘の秋好中宮は秋になると必ず紅葉したモミジを見つめ、母親の供養に務めたのだと思います。

マツ（松）

明石の姫君

（あかしのひめぎみ）

光源氏と明石の君の娘で、光源氏の正妻格・紫の上に育てられた後に入内し、やがて今上帝の中宮となり光源氏一族の繁栄に貢献する。

一族の夢を背負った姫君

政敵の娘との密会が露見したことで宮中で干された光源氏は、須磨へと落ち延び、地元の有力者である明石の入道の娘、明石の君を娶ります。その二人の間に生まれた愛くるしい女の子が後に入内して明石の中宮となる明石の姫君です。

明石の入道は、身分の高い光源氏と娘を結びつけることで後々までの一族繁栄を夢見ます。まるでその夢のシナリオ通りに、他

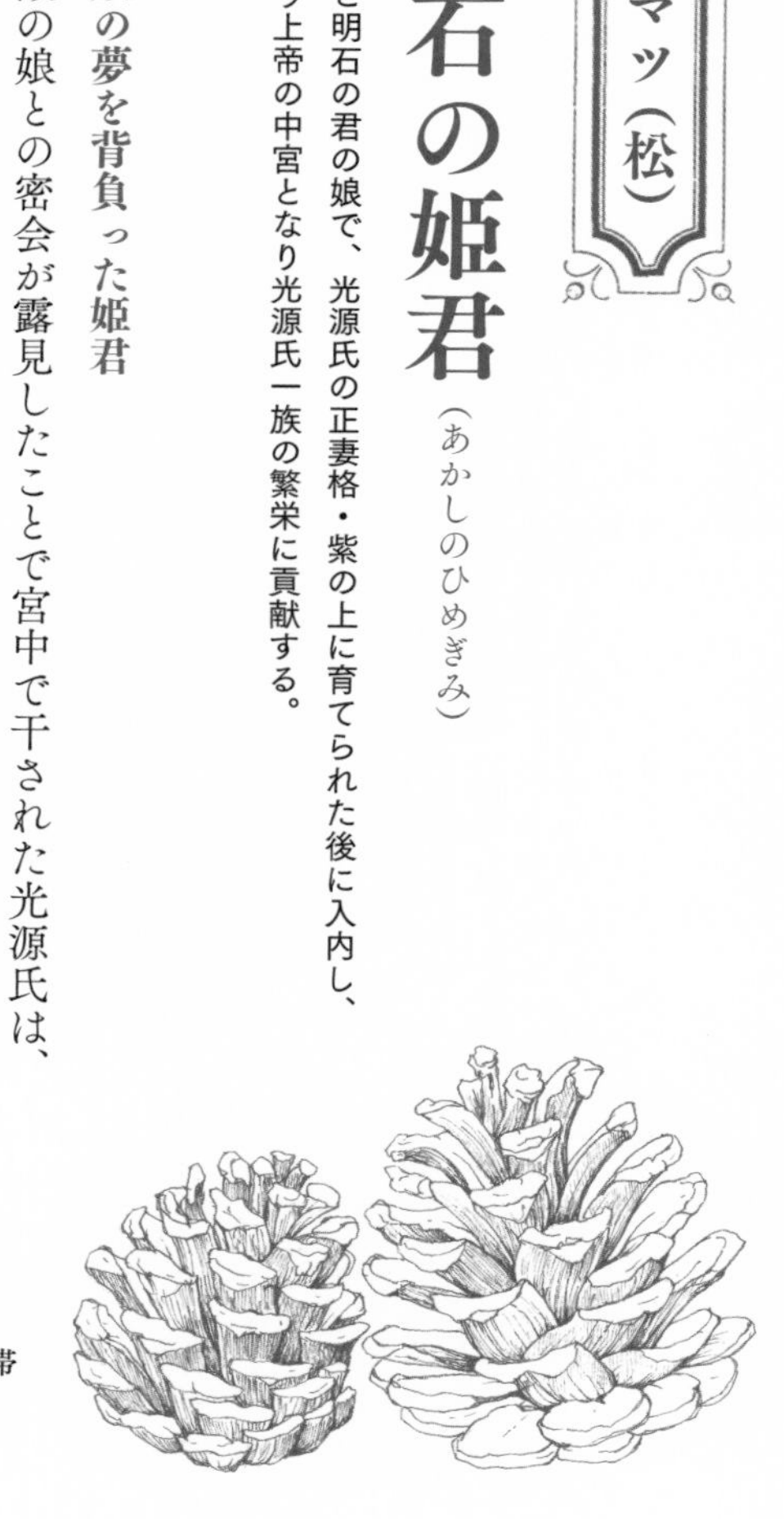

マツ（松）

学名：*Pinus*
分類：マツ科　常緑針葉樹
原産：北半球の寒帯～亜熱帯
開花：4～5月
特徴：日なたを好む

郵便はがき

料金受取人払郵便

小石川局承認

1105

差出有効期間
2024年 6 月27
日まで
切手をはらずに
お出しください

1 1 2-8 7 3 1

東京都文京区音羽二丁目
十二番二十一号

講談社エディトリアル 行

ご住所	□□□-□□□□		
(フリガナ) お名前		男・女	
ご職業	1. 会社員　2. 会社役員　3. 公務員　4. 商工自営　5. 飲食業　6. 農林漁業　7. 教職 8. 学生　9. 自由業　10. 主婦　11. その他（		
お買い上げの書店名	市 区 町		書

このアンケートのお答えを、小社の広告などに使用させていただく場合がありますが、よろしい
しょうか？　いずれかに○をおつけください。

【　可　　不可　　匿名なら可　】

＊ご記入いただいた個人情報は、上記の目的以外には使用いたしません。

TY 000015-2205

愛読者カード

今後の出版企画の参考にいたしたく、ご記入のうえご投函くださいますようお願いいたします。

本のタイトルをお書きください。

a 本書をどこでお知りになりましたか。

1．新聞広告（朝、読、毎、日経、産経、他）　2．書店で実物を見て
3．雑誌（雑誌名　　　　　　　　）　4．人にすすめられて
5．書評（媒体名　　　　　　　　）　6．Web
7．その他（　　　　　　　　）

b 本書をご購入いただいた動機をお聞かせください。

c 本書についてのご意見・ご感想をお聞かせください。

d 今後の書籍の出版で、どのような企画をお望みでしょうか。
興味のあるテーマや著者についてお聞かせください。

ご協力ありがとうございました。

でもない紫（むらさき）の上（うえ）に育てられ、東宮（とうぐう）に入内し、今上帝の中宮にまでなる明石の姫君は「源氏物語」随一のサクセスストーリーの体現者です。

後に明石の中宮と呼ばれた彼女の第六皇子・匂宮（におうみや）が次世代の物語をけん引する存在となる点からも、明石の姫君が源氏一族の繁栄に多大なる貢献をしたことは間違いありません。

マツがつなぐ母子の絆

明石の姫君が母親の明石の君とともに都にやって来たのは**【第十八帖「松風（まつかぜ）」】**で描かれているようにわずか三歳の時。都の郊外で明石の君との再会を果たした光源氏は初めて対面する我が子の愛らしさに歓喜の涙を流し、娘の将来を保証するための準備を進めます。

当時の貴族社会では、たとえ身分が高くても都生まれでなければ下に見られる風潮があり、光源氏と明石の君は相談のうえ、幼い明石の姫君を源氏の正妻格である紫の上の養女としました。

最初は割り込むようなかたちで夫の妻となった明石の君に嫉妬していた紫の上も、

愛くるしい明石の姫君に魅了され、この養女を東宮（とうぐう）に入内するに相応しい姫君として育て上げます。

「明石の君」の項で、娘との別れを惜しんだ明石の君のマツを題材にした歌を紹介しましたが、紫の上のもとで成長していく明石の姫君も、会えなくなった実の母親にマツの歌を贈っています。

【第二十三帖「初音（はつね）」】に、明石の姫君による明石の君への可愛らしい歌が載っています。

ある時、光源氏が娘の明石の姫君といると、明石の君からマツの枝に鶯が留まった作り物と新年の挨拶の歌が娘へと届けられました。

年月（としつき）をまつにひかれて経（ふ）る人に今日うぐひすの初音きかせよ

（長い年月この松のように引かれて再会を願う古き馴染みの者に、
　今日はこの鶯のように、年の始めの歌をきかせてくださいまし）

それを見た光源氏は「このお返事は自分で書きなさい。初詣を遠慮するお方ではありませんので」と言って娘に母親への返事を書くよう促したので、幼い明石の姫君は次の歌を明石の君へと贈るのでした。

引き別れ年は経れどもうぐひすの巣立ちし松の根を忘れめや

（別れて年は経てきましたけれども、

この鶯は巣立ちをした松のその元の根を忘れましょうか、いや忘れはしません）

心ならずも離れ離れになった明石の君と明石の姫君の絆がマツの歌を介して表現されるのは、常盤木（ときわぎ）であるマツが長寿を司り、変わることのない永遠の絆を意味する樹木だからなのではないでしょうか。

会うことのできない母子が永遠の絆を意味するマツの歌を贈り合えば、何らかの奇跡が起こる可能性が増すかもしれません。実際、明石の君と明石の姫君の母子は幸せな奇跡に見舞われます。一時の淋しさも、マツのように辛抱強く長く生き抜けば必ずや再会の喜びに変わる……。マツの花言葉である「不老長寿（ふろうちょうじゅ）」がそのことを保証してくれているように思えます。

明石の姫君は長い年月の末に実の母親に立派に成長した晴れ姿を見せることができ、そして長い間不遇だった明石の君は綺麗になった実の娘の姿を拝してこのうえもない幸せに包まれます。これはこの母子がお互いに贈り合ったマツの歌がもたらした奇跡だったのかも知れません。

アサガオ（朝顔）

朝顔の姫君（あさがおのひめぎみ）

役人養成機関を束ねる式部卿の任にあたった桃園宮の娘で光源氏のいとこにあたるが、浮気性の光源氏から距離をとる賢明な姫君。

なぜかアサガオに例えられた姫君

光源氏の叔父・桃園宮の娘、朝顔の姫君は、その名前の由来や源氏との関係など、様々な点でユニークな女性登場人物です。桐壺更衣、藤壺中宮、夕顔、紫の上、末摘花、花散里など「源氏物語」の中で花にまつわる呼び名を持つ登場人物たちは、実際に作中でその花と密接に関連づけられています。たとえば、幼い頃に光源氏と出会い、小さなムラサキの花に重ね見られ

アサガオ（朝顔）

学名：*Ipomoea nil*
分類：ヒルガオ科　一年生つる植物
原産：諸説あり
開花：7～10月
特徴：日なたを好むが西日は嫌う

たので紫の上と呼ばれた、あるいはユウガオの花が光源氏との出会いのきっかけとなったので夕顔と呼ばれるようになったという具合です。

その点、この朝顔の姫君は少し事情が異なります。それは彼女の朝顔の姫君という呼称が、かつて光源氏が式部卿の姫君に歌と一緒にアサガオの花を贈ったのを周囲の女房（女官）たちが噂していたのが根拠となっているだけだからです。

なぜ光源氏が桃園宮の姫君にアサガオの花を贈ったのかについてはどこにも触れられていません。その後、朝顔の姫君と光源氏とのやりとりの中で、ようやくアサガオを題材にした歌が出てきますが、朝顔の呼び名の由来もそのやりとりから推察する以外にないと思います。

色あせたアサガオの花

若かりし頃はいとこの光源氏に魅了されながらも、彼に冷遇された六条御息所と同じ轍は踏むまいと源氏を遠ざけた朝顔の姫君。賀茂神社の斎院（賀茂神社の祭祀に仕える女君）を務めた彼女は色恋沙汰にうとい生真面目な姫君です。逆にそんなところが光源氏の気を引いたのでしょうか、いとこから度重なる愛の告白を受ける朝顔の姫君ですが、ことごとくそれらを退けています。

　実は朝顔の姫君は前々から光源氏の正妻候補としてその名が上がっていましたが、多くの女性との恋の噂が絶えない源氏を、一人の男性として信用し切れなかったのです。

　【第二十帖「朝顔（あさがお）」】に、朝顔の姫君と光源氏の印象的なやりとりがあります。父の桃園宮の死去にともない斎院の職を辞した朝顔の姫君が喪（も）に服すため自邸に閉じこもっていると、そこへ光源氏がやってきて積年の恋心を彼女に訴えます。それでも朝顔の姫君は自分に優しくしてくれた昔の光源氏の姿を思い浮かべつつも彼の申し出には応えられないのでした。

　自邸へと戻った光源氏は、もんもんとして夜もろくに眠れません。翌朝、うつろな眼で庭を見ると、庭を覆う草花の中にアサガオの花が這（は）いつくばるようにして顔をのぞかせています。光源氏はそれを一輪摘み取らせて次の歌を添え、朝顔の姫君へと贈りました。


見し折の露忘れられぬ朝顔の花の盛りは過ぎやしぬらむ

（お会いした頃が忘れられませんが、
　　　　朝顔の花のようなあなたは盛りが過ぎたのでしょうか）

それに対し朝顔の姫君は次の歌を返し、あらためて思いに応えられないことを光源氏に伝えます。

秋はてて霧のまがきにむすぼほれあるかなきかにうつる朝顔
（秋の終わりに霧たち立ち込める垣根に
　　　　まとわりついてしぼんでいくアサガオの花が私です）

朝顔の姫君は歌に添えて「源氏の君におかれましては、わが身に相応しいお例えをいただいて、涙で袖を濡らしています」という手紙も書きました。
このやりとりから、かつて源氏がなぜ彼女にアサガオの花を贈ったのかがおぼろげながら想像できます。自分のことを好いてくれていると思ったら、一転して遠のいていってしまう相手を源氏は「朝に美しく咲いても、長くは愛でられないアサガオの花」に例えたのではないでしょうか。そして朝顔の姫君もまた、自分がアサガオに例えられたのを否定はしませんでした。

朝だけ花を愛でられるアサガオの花言葉は「儚い恋」。若き頃は半ば相思相愛だった光源氏と朝顔の姫君にぴったりの花言葉です。

アサガオは虫下しの薬として評判を得ていた種子が、まずは大陸からもたらされ、奈良時代の人々は実際の花を知らなかった可能性があります。ですから「万葉集（まんようしゅう）」に収録された山上憶良（やまのうえのおくら）による秋の七草の歌に出てくる「あさがほ」はアサガオではなくキキョウだったとする説があります。平安時代になるとアサガオは庭で育てられるようになり、歌に「垣根にまとわりつく」とあることから、「源氏物語」に登場する朝顔は今私たちが慣れ親しんでいるアサガオと考えてほぼ間違いないでしょう。

香作りの名人

本人は登場しませんが、**【第三十二帖「梅枝（うめがえ）」】**には、朝顔の姫君がその存在感を示すシーンがあります。ロマンスには発展しませんでしたが、朝顔の姫君は光源氏との交流を続けたようです。

後年、実の娘である明石の姫君を東宮に入内させるのに先立って、光源氏は所縁のある女君らにいくつかの香木を贈って香の調合を依頼します。すると、朝顔の姫君から香箱とともに花が散った後のウメの枝に結ばれた文が光源氏の手もとへと届きます。文の内容は光源氏のみぞ知るというわけですが、香箱を開けると中には瑠璃色の杯に丸められた二つの香が入れられていて、さらにそれらには作り物のゴヨウマツが添えられているという、とても洒落た趣向の贈り物なのでした。

光源氏は「まことに馴れ馴れしいことを頼んだのですが、誠実にも早速応えてくださったのでしょう」と言って有難く香を受け取り、自分の側にはいない朝顔の姫君に思いを馳せつつ感謝するのでした。

オギ（荻）

雲居の雁（くもいのかり）

頭中将の娘で柏木の妹。光源氏の嫡男・夕霧とは幼い頃から相思相愛の仲だが、父の頭中将に交際を禁じられた末に積年の思いを成就させる。

一族の未来を夫とともに作り上げる

光源氏亡き後も一族の繁栄は続き、それに大いに貢献したのが夕霧（ゆうぎり）の正妻、雲居の雁（くもいのかり）です。彼女は夕霧との間に七人もの子をもうけ、光源氏一族は後継者に恵まれますが、当の二人が結ばれるまでは茨（いばら）の道を歩まなければなりませんでした。

オギ（荻）

学名：*Miscanthus sacchariflorus*
分類：イネ科 多年草
原産：東アジア
開花：9～10月
特徴：日なたの河川敷などの湿地を好む

オギの穂を渡る風

共通の祖母である大宮のもとで養育され、幼い頃からピュアな恋心を通わせた夕霧と雲居の雁。雲居の雁の父親である頭中将は、娘を東宮に入内させようと夢見ますが、夕霧と雲居の雁の互いへの恋心を知り、強引に二人を引き離してしまいます。父・頭中将の監視下に置かれた雲居の雁は、簡単に夕霧に会うことができなくなってしまいます。無邪気に花やモミジを贈り合ったのも今は昔……。

そうなる少し前の事。雲居の雁の夕霧への想いを知った頭中将は激怒し、なんとか娘から夕霧を引き離そうと画策します。事の深刻さを知らない夕霧は、いつもの通り祖母の大宮の邸を訪れ、雲居の雁に会おうとします。そこで大宮から、頭中将が自分のことで腹を立てているのを聞いた夕霧は、動揺して出された食事にも手がつけられません。

互いに想い合うも会うに会えない若い二人の悲哀に満ちた印象的なシーンが**【第二十一帖「少女」】**にあります。

ある夜、夕霧が襖によりかかり感傷にひたっていると、奥で休んでいた雲居の雁が起きてきて襖の向こうにたたずむ気配がします。その時、風がタケを揺らす音がして、それに混じって空を渡る雁の鳴き声がかすかに聞こえてきました。すると「雲居の雁もわがごとや」と襖の向こうからささやく声がします。「雲を飛んで行く雁も私のような悲しみにくれているのかしら……」。これが雲居の雁の名の由来になったささやきです。

雲居の雁のため息にも似たささやきを聞き愛おしさで胸がいっぱいになった夕霧は、襖を開けようと係の者を呼びますが、誰からも返事がありません。それに大きな声を立てればたちまち女房(にょうぼう)(女官)らに二人が一緒にいるのを知られてしまいます。なすすべもない夕霧はそっと心に次の歌を思い浮かべました。

さ夜中に友呼び渡るかりがねにうたて吹き添ふ荻の上風(うはかぜ)

(真夜中に友を呼んで飛んでいく雁の声に、

さらに嘆かわしさを添えるオギの葉の上を渡る風よ)

イネ科のオギは同じススキ属のススキによく似ているのでしばしば混同されます。オギとススキの見分け方は、種子の先端から伸びる芒(のぎ)と呼ばれる線状の細い部位があるのがススキ、ないのがオギということで、近づいて観察しないと違いが見分けられません。それにしても、秋の夕日に照らされて輝くオギの姿はまことに美しく、こんな見事な風景がいたるところで見られたであろう昔の人がうらやましくもあります。そんな忘れがたい風景の中でオギの穂を撫でる風の音は、夕霧と雲居の雁がそれに悲しさを感じたように、様々な思いを人々の胸に去来させたことでしょう。

夕霧の歌と同じように秋風に揺れる姿が優雅なオギは「万葉集（まんようしゅう）」に収録された歌にも次のように詠まれています。

葦辺（あしべ）なる荻の葉さやぎ秋風の吹き来るなへに雁（かり）鳴き渡る

（葦辺のオギの葉が音を立て、秋風が吹いてくるのにつれて雁が鳴き渡っていくことよ）

夕霧は詠み人知らずのこの歌にインスピレーションを得たのでしょう。風に音を立てるオギに加え、その上を鳴きながら飛んでいく雁が、いやがうえにも秋の深さを実感させる歌になっています。

うつむき加減で風に揺れるオギの花言葉の一つに「片思い」というのがあります。

この花言葉が夕霧と雲居の雁の熱烈な互いへの想いと著（いちじる）しく対応しているのが大変興味深く感じられます。

飛んで行く雁に己の姿を重ねて悲しむ雲居の雁。雁の鳴き声に混じり聞こえてくるオギの穂を揺らす風の音に至上の虚しさを感じる夕霧。切なく辛い八年に及ぶ別離の時を経て、**【第三十三帖「藤裏葉（ふじのうらば）」】**において再び会えた喜びは、二人にとって筆舌に尽くしがたいものであったことでしょう。

いつしか入内の夢もついえ、再会を許された夕霧と雲居の雁は八年間の空白を埋めてついに結ばれます。

タチアオイ（立葵）

玉鬘（たまかずら）

頭中将とその愛人だった夕顔の姫君との間に生まれ、後に光源氏の養女となる美女。

波乱万丈の半生

「源氏物語」の女性登場人物の中で最も波乱万丈の半生を送ったのがこの玉鬘（たまかずら）ではないでしょうか。**【第二十二帖「玉鬘（たまかずら）」】**から**【第三十一帖「真木柱（まきばしら）」】**までが「玉鬘十帖（たまかずらじゅうじょう）」と呼ばれることからも彼女は物語中盤のメインヒロイン的存在です。

宮中の実力者で光源氏のよきライバル、頭中将（とうのちゅうじょう）とその愛人だった夕顔（ゆうがお）との間に生まれた玉鬘は、母親亡き後、乳母一家

タチアオイ（立葵）

学名：*Althaea rosea*
分類：アオイ科　一年草（扱い）、常緑性多年草
原産：東ヨーロッパ〜アジア
開花：6〜8月
特徴：日なたを好む

とともに隠れるように筑紫（つくし）（現在の北九州）へ移り住みます。やがて美しく成長した彼女は諸事情から再び都の土を踏むのですが、かつて母親の夕顔と恋愛関係にあった光源氏は、玉鬘が都に帰還するとすぐに養父の役を買って出ます。しかし、玉鬘に夕顔の姫君の面影を重ね見た光源氏はこの義理の娘に胸をときめかせてしまうのでした。

玉鬘の美貌は都中で評判となり、光源氏の実弟・蛍宮（ほたるのみや）、政界での活躍が期待される髭黒（ひげくろ）、頭中将の嫡男（ちゃくなん）で玉鬘が実の妹とは知らない柏木（かしわぎ）らから求婚されますが、養父の源氏は諸氏の恋文を天秤にかけるように見比べては玉鬘を皆に見せびらかして楽しんでいるので始末に負えません。

当の玉鬘は、養父であるのにも関わらずそれとなく言い寄ってくる光源氏の態度に困惑するばかり。養女の身分を確保するため玉鬘に宮仕えをさせようと光源氏はあれこれ根回しをし、玉鬘もようやく熱心な養父への感謝の念を抱き始めたその矢先、粘り強く玉鬘のもとへ通い続けた髭黒が強引に結婚の約束を取りつけてしまいます。

すべては後の祭で、既に大将の高位にある髭黒が玉鬘の婿になることに特に反対する理由を見つけられない光源氏は、しぶしぶ二人の結婚を承諾する他ありませんでしよく似合います。

た。そんなわけで波乱万丈の半生に翻弄された玉鬘には「さすらいの姫君」の異名が

花に例えられた姫君たち

玉鬘が髭黒と結ばれる少し前、都を台風が襲い、その直後の様子を描いたのが**【第二十八帖「野分（のわき）」】**です。光源氏は被害の状況を確認がてら所縁（ゆかり）のある女君たちのもとを訪れますが、それにともない息子の夕霧も各邸（やしき）を見舞います。いまだに直接会ったことのない父親の正妻格・紫（むらさき）の上（うえ）の姿を垣間見た夕霧は、義理の母のあまりの美しさを春の曙（あけぼの）時の霞がかったカバザクラの花に例えます。

さらに光源氏とともに玉鬘を見舞った夕霧は、御簾（みす）（すだれ状の幕）の向こうで光源氏と話しながら自然な笑顔を浮かべる姫君の美しさを露のかかった夕暮れに映える八重のヤマブキのように感じるのでした。二人の美女を朝と夕のそれぞれの光に照らされる花に例えて比較した夕霧のセンスには脱帽です。

いっぽう髭黒に玉鬘を奪われたかたちとなった光源氏も**【第三十一帖「真木柱（まきばしら）」】**において養女である玉鬘をヤマブキの花に例えて別れを惜しむ歌を詠んでいます。

思はずに井手の中道隔つとも言はでぞ恋ふる山吹の花

（思いがけずに二人の仲は隔たってしまったが、

心の中では恋い慕っているぞ、ヤマブキの花よ）

自ら光へと向かうタチアオイのように生きられたら……

光源氏の弟、蛍宮と玉鬘との間には不思議な縁があり、それを描いたのが**【第二十五帖「蛍」】**です。美しい玉鬘に恋い焦がれた蛍宮は、頻繁に姫君への恋文をしたため、それらを贈り続けました。養父の光源氏に言い寄られて困り果てた玉鬘は、その弟君からの情のこもった手紙をささやかな心の慰めとしていて、蛍宮になら貰われてもよいと思い始めていたくらいです。

五月雨の夜、几帳（可動式の仕切り）越しに玉鬘に想いを告げる蛍宮の前で、光源氏は何匹かの蛍を放つといういたずらを実行し、隠れていた玉鬘の美しい姿が蛍の光に照らされ一瞬闇夜に浮かび上がります。ほのかな光に照らされ美しさを増した玉鬘の姿を垣間見た蛍宮はますます思慕の念を募らせるのでした。

その後**【第三十帖「藤袴（ふじばかま）」】**では、蛍宮は次の歌を玉鬘に贈り変わらぬ恋心を切実に訴えます。

忘れなむと思ふものの悲しさをいかさまにしていかさまにせむ

（あなたのことを忘れてしまおうと思うのに
　　　　　また悲しみが込み上げ一体どうしたらどうしたらよいのだろうか）

多くの殿方からの恋文が絶えない玉鬘ですが、この切ない思いに応えるかのように蛍宮だけに次の返歌を贈るのです。

心もて光にむかふ葵（あふひ）だに朝おく霜をおのれやは消（け）つ

（本心から光の方へ向くタチアオイでさえ、朝の霜を自ら消すことができるでしょうか）

この歌の「葵（あおい）」については「光にむかふ」つまり「光へと向かう」とあることから、ヒマワリと訳されることもありますが、「源氏物語」が書かれた平安中期には日本にヒマワリはまだ紹介されておらず、これは太陽のある大空に向かってすっきりと茎を伸ばすタチアオイであるとの説があり、本書ではそれを参考としました。

西アジア起源のタチアオイの歴史は古く、鎮静や消炎作用をうながす薬草だったことから、中国ではボタンにその地位を奪われる唐代まで最も人気の高い花でした。日本にも薬草として紹介され、やがて花の美しさも愛(め)でられるようになり歌にも詠まれました。空に向かってスッと立つ姿に威厳を感じる花であるのに加え、たくさんの花を咲かせるので子孫繁栄を意味することもありました。そんな正のイメージを持つタチアオイと、光源氏に言われるままに行動せざるを得ない負の自分を比較しつつ玉鬘は嘆きともとれる歌を詠んだのです。

「自らの意思で陽の光に向かって伸びるタチアオイでさえ、消せないものがある。だから自分の意思で動けない私が、どうしてあなたの存在を心から消すことができましょうか」。そんな玉鬘の心の叫びと自分への恋心に苦しむ蛍宮への優しい思いやりがこの歌からは同時に伝わってきます。

タチアオイの花言葉に「気高く威厳(いげん)に満ちた美」というのがありますが、多くの制約が加えられても、それを不満に思いながら気高さを失わない玉鬘にこそ贈りたい花言葉です。

養父の光源氏に宮仕えをうながされたあげく、理想の相手とは言い難い髭黒と結婚せざるを得なかった玉鬘は、その時代の女性がいかに不自由で、我慢を強いられたかを今に伝える「さすらいの姫君」なのです。

真木柱（まきばしら）

髭黒の長女で光源氏の弟・蛍宮と結婚。夫の死後、柏木の弟の紅梅こと按察の大納言と再婚する。

父親の身勝手に振り回される少女

光源氏の養女・玉鬘（たまかずら）と強引に関係を結んでしまう髭黒（ひげくろ）と彼の正妻・北の方（きたのかた）との間に生まれた娘が真木柱（まきばしら）です。十二〜十三歳という多感な頃に父親が他の女性の虜（とりこ）になってしまったことで真木柱の受けた衝撃は相当なものだったでしょう。

憧れの玉鬘と結婚の約束を交わした髭黒は有頂天ですが、さほど彼に魅力を感じない玉鬘は嘆き悲しむばかり。髭黒は玉鬘

ヒノキ（檜）

学名：*Chamaecyparis obtusa*
分類：ヒノキ科 常緑針葉樹
原産：日本固有種
開花：３〜５月
特徴：幼樹は日陰を好み、成木は日なたを好む

を自邸に引き取るべく北の方を説得しますが、この細君（さいくん）は長年にわたり精神的に疲弊していて髭黒家はまさに一触即発状態。

ある雪の夜に玉鬘に会いに出かけようと髭黒が身支度を整えていたその時、突然錯乱した北の方は薫物（たきもの）（種々の香を合わせて作った練香）の灰を夫に浴びせかけてしまいます。妻のあまりの仕打ちに恐れをなした髭黒は自宅に寄りつかなくなります。

事情を知った北の方の父親・式部卿宮（しきぶきょうのみや）は激怒し、娘と孫娘の真木柱を髭黒から引き離すべく彼女たちを自邸に呼び寄せようとします。かくして真木柱はたくさんの思い出がつまった邸（やしき）に別れを告げなければなりませんでした。

真木の柱にお別れを

【第三十一帖「真木柱（まきばしら）」】で祖父の家に引き取られることになった真木柱は幼い頃から馴染（なじ）んだヒノキの柱の前に感慨深く立ちつくします。見知らぬ誰かにこの柱を奪われてしまうのがなんとも悲しくなった真木柱は、檜皮（ひわだ）の紙を柱に重ねてそこに小さく次の歌を書こうとしました。

今はとて宿離（か）れぬとも馴れ来つる真木の柱はわれを忘るな

（今を最後としてこの宿を離れていこうとも、
　これまで触り馴れてきたヒノキの柱よ主人の私を忘れないで）

けれども、涙で目が曇って歌を書き切ることができません。

真木（まき）というのはヒノキのことで、古来日本に自生するヒノキ属のヒノキかサワラのいずれかを意味しますが、本書ではヒノキであることを前提に話を進めます。

歌川国貞〈源氏絵物語〉第三十一帖「真木柱」
東京都立中央図書館蔵

ヒノキの材質は緻密（ちみつ）かつ強靱（きょうじん）で耐久力に優れ、また芳ばしい香りのすることから一級の木材として人気を誇ってきました。別名を真木というのは「真の木の中の木」と称えられるに相応しい樹木だからです。

江戸時代の尾張藩（おわり）（愛知県と岐阜県の一部）にてヒノキはアスナロ、

コウヤマキ、クロベ、サワラなどとともに木曽五木に数えられ、伊勢神宮の遷宮（二十年毎に社殿を移し替えて新たにすること）のさいに社殿下に新たに立てられる心御柱（神が依り所とする柱）にはこれらの樹木が使われました。なるほどヒノキが「真の木の中の木」と呼ばれたのも納得がいく話です。

一見して材の柔らかそうなヒノキですが、切れ味のよい刃物でないと綺麗に削れないことから、日本における刃物の発達にこの木が一役買ったという話もあります。よき香りと良質の質感に加え、神性な木としても魅力の尽きない「真木柱」ですから、多感な乙女が別れを惜しむのもうなずけます。言うまでもなくこの乙女に冠された真木柱の名は、ヒノキの柱と彼女との深い絆に由来します。

柱を前に泣き伏した真木柱に母親の北の方は、

馴れきとは思ひ出づとも何により立ちとまるべき真木の柱ぞ

（たとえ昔の馴染みを思い出そうとしてくれたとしても、

どうしてこのヒノキの柱のもとに留まっていられようか）

と娘を突き放すかのように言います。長い間親しんだ邸(やしき)を支える真木柱をめぐっては娘と母親の思いの違いは決定的でした。

この頃はまだ大人の世界の複雑さが理解できなかった真木柱。やがて彼女は成長し、二人の夫との結婚生活を経て人生経験を積んだ後、子どもたちの行く末を案じる思慮深き母親へと成長を遂(と)げます。しかし、どんなに月日が経っても、あのヒノキの柱との思い出は失われなかったことでしょう。

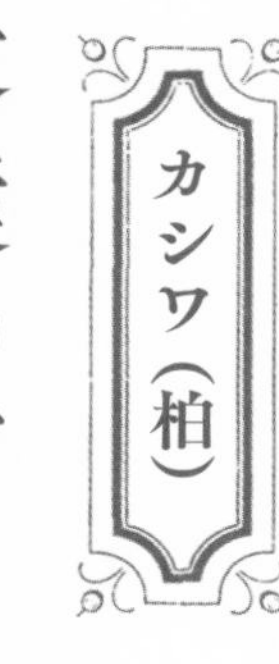

落葉の宮（おちばのみや）

朱雀帝の第二皇女で光源氏に降嫁した女三の宮の姉。
頭中将の嫡男・柏木と結婚するが、
夫亡き後は光源氏の嫡男・夕霧の庇護下に入る。

まるで落葉を拾ったような

光源氏の異母兄・朱雀帝の第二皇女であることから女二の宮とも呼ばれる落葉の宮は、源氏の妻となった女三の宮の姉です。

母親の一条御息所の身分がそれほど高くないことで妹より下に見られ、臣下の身分である柏木に降嫁（皇女が皇族以外の男性に嫁ぐこと）したさい、「まるで落葉を拾ったような」と周囲

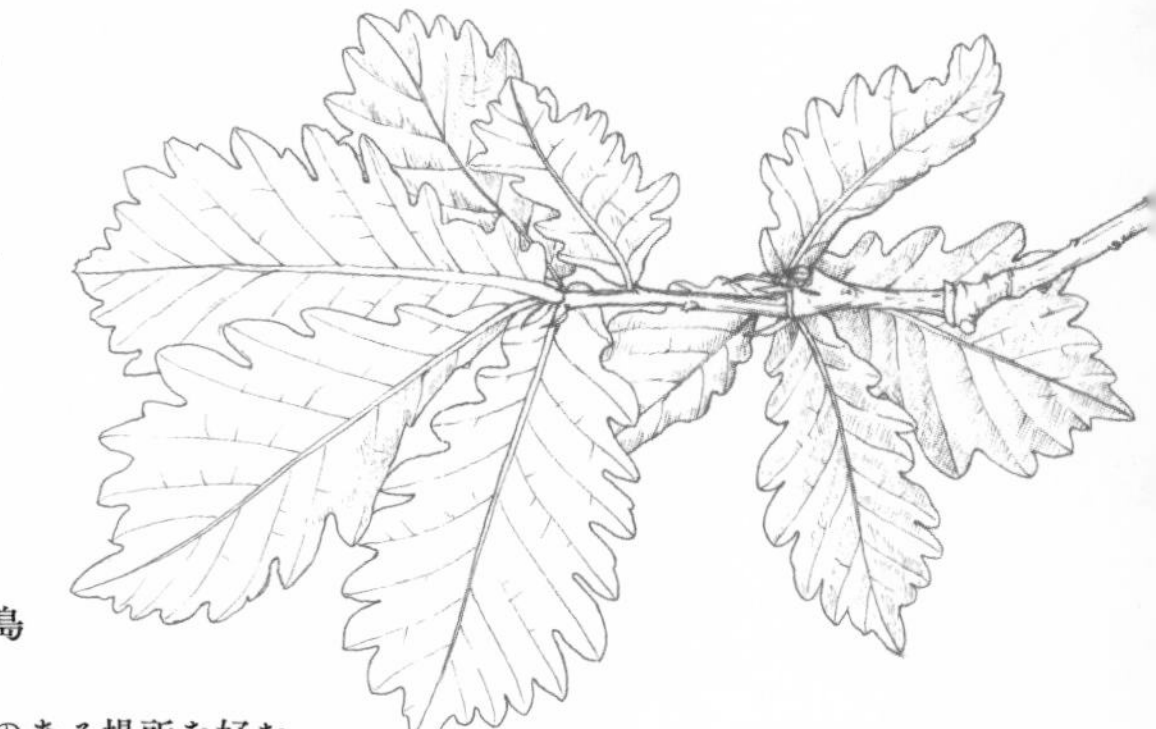

カシワ（柏）

学名：*Quercus dentata*
分類：ブナ科　落葉高木
原産：日本、中国、朝鮮半島
開花：５～６月
特徴：日なたで多少湿り気のある場所を好む

に意地悪を言われる彼女はとても気の毒な姫宮です。落葉の宮の名もそうした周りの悪口に由来します。

妹の女三の宮に恋い焦がれる柏木のもとに嫁いだ落葉の宮の結婚生活はやはり到底幸せとはいえないものでした。それでも、息を引き取る寸前の柏木に落葉の宮を託された夕霧（ゆうぎり）は足しげく彼女の邸（やしき）を訪れます。

ところが、母親の一条御息所の背後に隠れて様子をうかがう落葉の宮は不幸な結婚生活から人間不信に陥っており、夕霧を寄せつけません。

最初は同情心から落葉の宮を訪ねていた夕霧ですが、この薄幸の姫君がたたえる陰のある上品さと教養の高さを感じ取って次第に惹かれていくのですが、そんな夕霧の態度に当の落葉の宮は大いに困惑します。

カシワの木の神はもういない

柏木の死後の**【第三十六帖「柏木（かしわぎ）」】**で、その遺言に従い落葉の宮の邸を訪ねた夕霧は庭のカシワとカエデの木が若々しい葉を絡み合わせているのを見て、それを亡き柏木と自分に重ね見て次の歌を落葉の宮に贈ります。

ことならば馴らしの枝にならさなむ葉守（はもり）の神のゆるしありきと

（あのカシワとカエデが慣れ親しんでいるように仲のよかった亡き人と私、
どうせなら故人の許しを得てあなたと親しくなりたくて）

しばらくすると落葉の宮に仕える女房（にょうぼう）（女官）が次の返事を携えて夕霧のもとへとやって来ます。

柏木に葉守（はもり）の神はまさずとも人ならすべき宿の梢か

（柏木に宿る神のごとき我が夫はもういなくても、
みだりに人を近づけていい宿の梢ではありません）

この場合のカシワは先だって非業の死を遂げ（と）た柏木を意味しています。ショウブと並んで端午の節句に欠かせないカシワはその丈夫な葉が食器として古来から用いられました。炊葉（かしいば）というのがカシワの語源であるのがそんな故事を裏づけます。柏餅（かしわもち）に用いられるカシワの葉は蒸（む）して一度乾燥させたものを用います。柏餅の例からもわかるように、この葉には殺菌効果があり、食べ物の保存にも役立ちました。タケやフジなど暮らしに役立つ植物はしばしば神聖な役割が期待されますが、カシワもそうした植物の一つで、神に捧げる食べ物の皿として神事や祭などでその葉が活用されます。

このように神聖な樹木であるカシワを前に夕霧は、亡き柏木をこの木に宿る神になぞらえた歌を未亡人である落葉の宮に贈ったのでしょう。それでも落葉の宮は「カシワの神のような夫はもういない」と頑（かたく）なに心を閉ざすのでした。

拾われた落葉

夕霧に対してそっけない態度を取り続ける落葉の宮。それでも夕霧は、この気の毒な姫宮を何とか救おうと手を尽くします。

正妻の雲居（くもい）の雁（かり）に疑われても夕霧のその気持ちは変わりませんでした。そして母親の一条御息所の死をきっかけに夕霧は落葉の宮を引き取り、ついに二人は結ばれます。

光源氏の死後、落葉の宮は六条院に迎え入れられ、夕霧は月に十五日ずつ雲居の雁と落葉の宮を交互に訪れることを約束します。拾われた落葉が新しい生活にこのうえもない幸せを見出せたならいいのですが。

column

香りのたしなみ

「源氏物語」には香、つまり薫物にまつわるエピソードが随所に出てきます。紫式部により「源氏物語」が著された当時、よい香りをまとうことは貴族社会における当然の身だしなみとされました。ウメの花が見映えだけではなく、その香りも愛でられたことから察せられるとおり当時の人々にとってよき香りは何物にも代え難い豊かさの源泉でした。

火で焚いて香りをあたりに漂わせたり直接衣服に沁み込ませたりして用いた薫物の原料は、主に沈香や白檀などの香木、または動物性香料の麝香（ジャコウジカの分泌物）などで、それらを粉末にしたものを蜂蜜や葛粉と練り合わせて、練香と呼ばれる丸薬状の香が作られました。

【第三十二帖「梅枝」】に薫物にまつわる印象的な場面があり、光源氏が娘の明石の姫君の裳着（女子の成人式）に備えて紫の上、花散里、明石の君らの細君や、いとこにあたる朝顔の姫君に薫物の調合を依頼するくだりがそれです。

でき上がってきた薫物には、それらを調合した女君それぞれの個性が反映されています。例えば紫の上の薫物は斬新で華やかな香りのするもの、朝顔の姫君の薫物は古典に忠実で品格のある香りのするもの、花散里の薫物はどこか懐かしく親しみのある香りのするものといった具合です。

　これらが辺りに香りを漂わせるタイプの空薫物(そらだきもの)だったのに対し、明石の姫君の実母・明石の君が調合したのは衣に染み込ませる薫衣香(くぬえこう)と呼ばれるもので、よりよい香りで娘を包み込み晴れの舞台へと送り出したい親心がにじみ出ています。

　この時、真っ先に光源氏に届けられた薫物は朝顔の姫君からのもので、練香を入れた香壺(こうご)（練香を入れる壺）が香壺箱(こうごのはこ)（香壺を入れる木箱）に二つ収められていました。それぞれの香壺には贈り物のしるしとしての心葉(こころば)（金、銀、糸などで作られた小さな造花）が添えられていて、一つは五葉のマツの枝を模(かたど)り、もう一つはウメの花木を模っていました。ちなみにマツは長寿を司り、ウメは春のはなやぎを意味し、明石の姫君の門出を寿(ことほ)ぐのにこれ以上相応しい心葉はないほどでした。

　このように大切な身だしなみの品である薫物を贈り物にするさいには極めて高度な美意識が必要とされました。香りのたしなみはそれを贈答し合う人たちの心のたしなみでもあったのです。

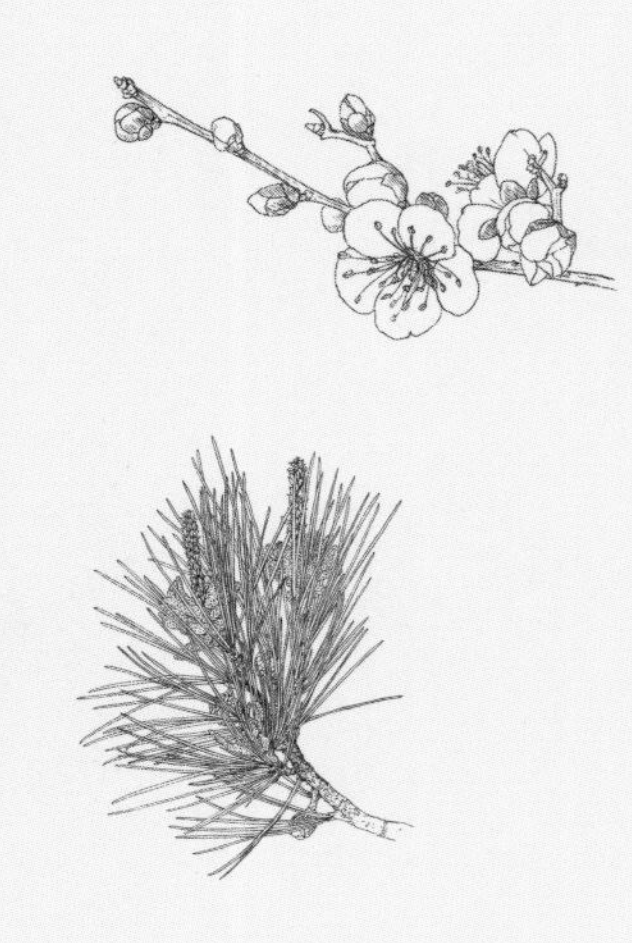

第三章　光源氏を取り巻く男たち

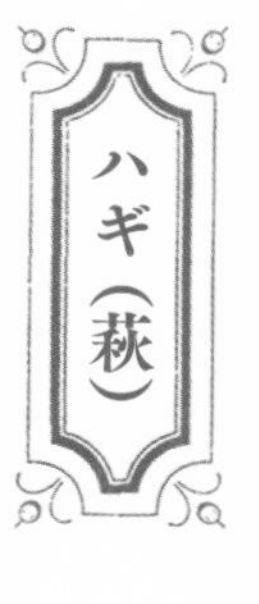

桐壺帝（きりつぼてい）

帝として桐壺更衣との間に光源氏をもうけ、のちに藤壺宮（後の藤壺中宮）を妃とする。死後も源氏の夢枕に現れ、息子を導く。

ハギ（萩）

学名：*Lespedeza*
分類：マメ科 落葉低木
原産：日本、東アジア、北米東部
開花：7～9月
特徴：日なたと水はけのよい土壌を好む

光源氏を皇室からあえて遠ざける

桐壺帝は光源氏の父親です。実在の天皇である醍醐天皇をモデルにしたという説もある桐壺帝は、妃として最も身分の低い更衣の位にあった桐壺更衣をことのほか寵愛したので、この名があります。

そのいっぽうで桐壺帝は、宮中で必要以上に権力を行使した右大臣家をけん制する意味でも、身分の低い桐壺更衣を取り立てて政界のバランスを図ろうという巧みな政治家としての顔を持ち合わせた帝(みかど)です。

溺愛(できあい)する幼い息子を臣下の身分にあえて降格させ源氏姓(せい)を与えるという桐壺帝の決定は隣国の人相占いによるものとされますが、実は可愛い息子を醜い権力抗争に巻き込まないための苦肉の策だったのかもしれません。

小萩(こはぎ)を思う父と祖母

桐壺帝からありあまるほどの愛情を注がれた桐壺更衣は周囲の嫉妬を買い、それによる心労から三歳になった光源氏を残してこの世を去り、娘の死を悲しんだ桐壺更衣の母・北(きた)の上(うえ)は幼い孫を連れて自邸に引きこもってしまいます。なんとかして我が子に会いたい桐壺帝は北の上のもとへ使いを出し、次の歌を贈ります。

宮城野(みやぎの)の露吹き結ぶ風の音(ね)に小萩がもとを思ひこそやれ

（宮城野に、露を吹き寄せては結ばれる風の音を聞くにつけ、
小さなハギの花が幹から折られはしないかと思いやられる）

【第一帖「桐壺（きりつぼ）」】のハイライトともいえるこの歌は、東北地方にあるハギの名所である宮城野を題材としたもので、「吹き結ぶ風」は人生につきものの困難、「小萩」というのは幼い光源氏を指し示します。桐壺帝のこの歌に対し、北の上は、

荒き風ふせぎし蔭（かげ）の枯れしより小萩が上ぞ静心（しずこころ）なき

（荒い風を防いできた大木の蔭が枯れましてからは、
その下の小萩が風に痛めつけられはしないかと心が落ち着きません）

という歌を返して、「風ふせぎし蔭」を亡き娘にかけ、桐壺帝の歌にちなんで孫を「小萩」に例えています。

ハギは日本の古典文学において重要な役割を担った花で、「万葉集（まんようしゅう）」ではウメやサクラを抑えて最も多く登場します。あまり目立たず、それでも細やかな美しさをたたえたハギの控え目なたたずまいに、日本の先人はささやかなるものの美を見出し魅了されたのです。

また、桐壺帝と北の上のやりとりに見られるように、ハギはしばしば風と対にされて歌に詠まれました。多くの歌人が風に揺れ動くハギの花にこの上もない美しさと、ささやかではありますが確かな生命の営みを見出したのです。

宮城野のもとあらの小萩露を重み風を待つごと君をこそ待て

（宮城野に茂る葉のまばらな萩は露が重いので、
それを払う風を待つように私はあなたを待っています）

この「古今和歌集」に収められた読み人知らずの歌も桐壺帝と同じように宮城野の小萩を詠み、それが風と関連づけられています。秋の深まりとともに長い茎を風に揺らすハギは枯れゆく野に生命の息吹を与え、寒い冬を目前にした人々の心を慰めてきたのです。

日本人好みの秋の花であるハギの花言葉は、そのしなやかな茎の様子から「柔軟な精神」。周囲のバランスを取りながら政を行った桐壺帝にこれほどぴったりな花言葉もありません。

小萩たちを守る「風ふせぎし蔭」

桐壺帝はその後、息子で光源氏の異母兄である朱雀帝に帝の座を譲って桐壺院となり、それから程なく崩御します。

しかし、死後も光源氏や朱雀帝ら息子たちの夢枕に立ち、一族の舵取りについての助言を行います。家族思いのこの帝は亡くなってからも風に揺れる小萩たちを案じ続けて一族の繁栄を助けた、まさに「風ふせぎし蔭」なのでした。

頭中将

（とうのちゅうじょう）

名門・左大臣家の嫡男で光源氏のライバルにして親友。源氏の妻・葵の上の兄であり、柏木、雲居の雁、そして玉鬘の父親として源氏の人生に深く関わる。

荒々しくも心優しき大木のような男

光源氏を光り輝くサクラに例えるなら、ライバルにして親友の頭中将（とうのちゅうじょう）はサクラの美しさを引き立てる、まるで山奥にそびえる大木のような男です。そんなふうに彼は時に荒々しく無骨な男気のある存在として、美しくしなやかな光源氏と対比されます。

入内（じゅだい）（皇后、中宮、女御となる女性が正式に宮中に入ること）

フジ（藤）

学名：*Wisteria floribunda*
分類：マメ科　つる性落葉高木
原産：日本固有種
開花：4～5月
特徴：日なた、肥沃な土を好む

した娘が東宮の寵愛を独占できるよう働きかけるも、同じく養女の前斎宮（後の秋好中宮）を入内させた光源氏に先を越され、出世の面でもライバルに一歩遅れを取り、養女選びにも失敗するなど、不運続きの頭中将を源氏の当て馬的存在とする見方もあります。

しかし、政敵ににらまれたあげく、須磨に落ち延びた光源氏を、政界でのリスクをものともせず出向いて見舞い、愛人だった夕顔との間にもうけた娘の玉鬘を気にかけ、ついに入内させられなかった娘の雲居の雁の幸せを心から願う頭中将は、やはり男の中の男といった父性愛あふれる愛すべき人物です。

ちなみに頭中将という呼称は帝の秘書的役割を担った者の役職名であり、他の登場人物と同様に作中では彼の本名は明かされません。出世をするに従い三位中将、権中納言、内大臣といったふうにこの人物の呼び名は作中でしばしば変わりますが、混乱を避けるため本書では一般的に親しまれた呼称である頭中将に統一します。

まだ見ぬ娘を思う父親

頭中将を語るうえで忘れがたいのはミステリアスな女君、夕顔とのロマンスです。

若き日の頭中将は光源氏と競い合うように多くの女性と関係を持ち、そんななか貴族でありながらしっかりした後ろ盾のない夕顔と恋仲になり、やがて夕顔は頭中将の子をみごもります。夫の浮気を知った正妻、四の君（よんのきみ）に脅（おどか）された夕顔は、身をひそめた後に源氏と関りを持ち、最後には娘の玉鬘を残してこの世を去ります。

後年、都へとやってきた玉鬘は光源氏の養女となり、養父から自らの出生の真相を聞かされ、頭中将が自分の実の父親だと知ります。しかし、混乱を恐れた光源氏は、頭中将には玉鬘のことをしばし伏せておきます。

やがて玉鬘の成人式を執（と）り行うにあたり、光源氏は長年の友情に報いようと頭中将に玉鬘の存在を知らせ、彼女の出生の秘密を打ち明けるべく一席設ける様子が**【第二十九帖「行幸（みゆき）」】**で描かれます。その席で本当のことを話してくれた光源氏に対し頭中将はこれまで実の娘を守ってくれたことに感謝しつつ、二人であれこれと恋愛について語り合った若き日を懐かしく思い出すのでした。

頭中将は葡萄（えび）染めの袴に桜色の着物を合わせた堂々とした出で立ちで光源氏との宴の席に臨（のぞ）み、対する光源氏は桜色と紅梅（こうばい）色を合わせた華麗な衣をまとい、その姿は例えようもない美しさだったとあります。このように平安時代の貴族男性は時に花をモチーフにした服装をまとい装いの美しさを競ったのです。

藤見の宴

頭中将の名場面は、やはり**【第三十三帖「藤裏葉（ふじのうらば）」】**での、娘・雲居の雁と光源氏の嫡男（ちゃくなん）・夕霧（ゆうぎり）との結婚を認める藤見の宴ではないでしょうか。

雲居の雁と、いとこにあたる夕霧とは幼い頃から相思相愛の仲でした。ところが、娘を入内させたい頭中将は夕霧と雲居の雁の仲を引き裂いてしまいます。その後、雲居の雁の入内を断念せざるを得なくなった頭中将は、娘と夕霧の仲を引き裂いてしまったことを深く後悔します。

ある日、自邸の庭のフジの花が美しく咲き乱れているのに目を留めた頭中将は、夕霧への手紙をしたためて息子の柏木（かしわぎ）に届けさせます。「お暇があればフジの花を見にお立ち寄りいただけませんか」という手紙に、娘の幸せを願う父親は次の歌を添えました。

わが宿の藤の色濃きたそかれに訪ねやは来ぬ春の名残を

（我が宿のフジの花の色の濃さのまさってめでたいこの夕方に、
訪ねて見には来ませんか、今年の春の名残のその花を）

この歌で頭中将は、春の名残を伝えるフジの花を雲居の雁にかけ、「どうか娘に会ってやってはくれまいか」と夕霧を誘っているのです。

誘いの歌を受け取った夕霧は、想い人との仲を引き裂いた憎らしい頭中将の真意を疑いながら、

なかなかに折りやまどはむ藤の花たそかれ時のたどたどしくは
（色が濃くなると仰せですが、折るにとまどうのではないでしょうかそのフジの花は、
もしや、たそがれ時でほの暗くたどたどしくはないですか）

という歌に加え、「残念なほど動揺していまして、その気持ちお察しください」と一度は誘いを断ってしまいます。

頭中将の夕霧に宛てた手紙に旧友の真意を見てとった光源氏は「思うところあって

あちらから歩み寄ってくださったのでしょう。以前のような気まずさはありますまい」という意味のことを言って、息子にこの誘いを受けるようながします。疑心暗鬼ながら頭中将邸を訪れた夕霧に、頭中将は「後撰和歌集」にある歌を投げかけて夕霧の信頼を得ようと試みます。

春日さす藤の裏葉のうらとけて君し思はば我もたのまむ

(春日がさしてフジの裏葉がうちとけ、私を信頼してくれるのなら、
私もあなたのことを信じましょう)

その場に同席していた頭中将の息子・柏木が、とびきり色の濃いフジの花房を夕霧の膳に置くという心憎い演出を加え、その房を手に取って戸惑う夕霧に頭中将はさらに次の歌を贈ります。

紫にかごとは懸けむ藤の花まつより過ぎて優れたけれども

(恨み言は我が家の紫のフジの花に言うとして、

何時まで待っても本心を仰らないあなたを私は憎らしく思います）

頭中将の説得についにほだされた夕霧は、

いく返り露けき春を過ぐし来て花の紐解く折にあふらむ

（幾度か悲しい春を過ごして、今日この喜びに花も開くような春に出合える時を迎えるなんて）

と返し、和解の意を伝えるのでした。そこで間髪入れず柏木が次の歌を詠み、夕霧と妹の雲居の雁の結婚を祝福します。

たをやめの袖にまがへる藤の花見る人からや色もまさらむ

（うら若い乙女の袖にも似るフジの花は見る人により、いっそう美しくなりましょう）

柏木は夕霧と結ばれた妹がより美しく幸せになることを心から願ったのです。

ここに見事なフジの花にかけた歌のアンサンブルがひとまず完結しますが、こうした三人以上でのリレー形式の歌のやりとりを唱和歌と呼び、「源氏物語」ではたびたびこうした歌のやりとりが見られます。

フジは美しさや香りはもちろん、その蔓を素材に強靱な綱が作れるなど実用面でも古くから重宝された花です。藤沢、藤岡など「藤」のつく地名が数多く見受けられますが、その幾つかはフジの産地だった可能性があります。また、藤原、藤田、藤井など「藤」を頂く姓も多くあり、フジが一族に繁栄をもたらす樹木であるとかつて信じられたのが垣間見えます。

「古事記」にフジにまつわる印象的な話があります。春山之霞壮夫という男神が結婚することになり、自分に自信がなく縮こまっていると、母はフジの蔓でできた衣服や弓矢を与えます。男神がそれらを身に着けて婚約者のもとを訪れると、全身からいっせいにフジの花が咲いて自信がみなぎり、めでたく結ばれたというのです。

フジの花言葉に「歓迎」というのがあります。フジの花が咲く頃、親しい人を邸に招いて共に花見をした古くからのしきたりにちなんだ花言葉だと思いますが、まさに頭中将が夕霧のために開いた宴は「歓迎」の花言葉どおりのものです。

藤見の宴のお陰で夕霧は雲居の雁と結ばれたというのですから、フジは縁結びにも効力を発揮する花なのかも知れません。

「源氏物語」を支える存在

頭中将は光源氏の義理の兄であり、親友であり、政界でのライバルです。それに加え、彼は光源氏が恋した夕顔のかつての恋人であり、彼女との間に娘の玉鬘をもうけ、やがて玉鬘は光源氏の養女となります。また、正妻との間に生まれた娘・雲居の雁は光源氏の嫡男・夕霧の妻となります。さらに息子の柏木は光源氏のもとへ降嫁(こうか)（皇女が皇族以外の男性に嫁ぐこと）した女三の宮(おんなさんのみや)との間に不義の子である薫(かおる)をもうけます。つまり、頭中将は物語後半の主人公である薫の祖父でもあるのです。

これらのことを省(かえり)みると、頭中将は「源氏物語」を支える重要な男性キャラクターとして物語全体に深みを与える役目を担わされていると考えることもできます。

タケノコ（筍）

朱雀帝（すざくてい）

桐壺帝の第一皇子で光源氏の異母兄。娘の女三の宮を光源氏に降嫁させて娘の後ろ盾にしようと腐心する。

日陰の帝

光源氏と冷泉帝という、言わば日なたで活躍する皇族関係者と著しく対比された日陰の存在、それが朱雀帝なのかもしれません。

寵愛する朧月夜の君の心を弟の光源氏に奪われ、在位中に眼病を患い、志半ばで弟の冷泉帝に譲位し朱雀院となるも、さらに心を寄せていた前斎宮（秋好中宮）が冷泉帝

タケノコ（筍）

学名：*Phyllostachys pubescens*
分類：イネ科　タケ類の地下茎から出る若芽
原産：中国
開花：4～5月（めったに咲かない）
特徴：日なたを好むが乾燥に弱い

の妃となり、娘の女三の宮の幸せを願いつつ光源氏に降嫁させるもののかえって娘を不幸にしてしまう等々……。朱雀帝の振る舞いには、それらがことごとく裏目に出てしまうといった印象があります。

諸々の挫折が疲労として積み重なったのか、**【第三十四帖「若菜上」】**において病気がちになり出家を望む朱雀院ですが、いまだに後ろ盾を得ていない愛娘の女三の宮の身を案じ、娘と親子ほど年の離れた光源氏にこの姫宮を強引に降嫁させてしまったことで悲劇が生まれます。

光源氏に嫁いだ女三の宮は、あろうことか頭中将の嫡男である柏木と関係を持ち、不義の子である薫を産みます。そして柏木は貴族社会の重鎮・光源氏を裏切った罪の意識に苛まれて病を得、若くして息を引き取ります。そして柏木の

トコロ（野老）

学名：*Dioscorea*
分類：ヤマノイモ科　多年草
原産：日本
開花：7～8月
特徴：日なたから日陰まで場所を選ばない

妻で未亡人となった女三の宮の姉の落葉の宮は、孤独からすっかり人間不信に陥ってしまうのでした。

山の幸の贈り物

出家した後、人里離れた山寺を住まいとした朱雀院は夫の柏木を亡くし未亡人となった落葉の宮と、薫を産んで若くして出家してしまった女三の宮ら娘二人の不幸を嘆き悲しみます。

そこで朱雀院は、**【第三十七帖「横笛」】**にあるように、仏道に励む女三の宮の気持ちを少しでも和らげようと近くの林で採れたタケノコやトコロを娘に贈ります。いかにも山里らしい風情があるからというのがその理由でした。「春の野山は霞が深く、物も見分けられない程ですが、あなたへの思いを込めて掘り出させたものです。ほんの少しですがお受けとりください」という意味の手紙とともに女三の宮に次の歌を贈ります。

世を別れ入りなむ道は後るとも同じところを君も尋ねよ

（仏道の道に入ったのは私に後れをとろうと、
私と同じ境地にあなたもいらっしゃるように）

その歌には「まことに得ることの難しい境地ではありますが」という文がひかえめに添えられており、朱雀院にとっても仏道を極めるのは容易ではなかったようです。

こんにちタケノコとしてよく食べられているのは中国が原産地のモウソウチクですが、これは後の十八世紀中頃に我が国にもたらされた種で、「源氏物語」に出てくるタケノコはマダケやハチクなど、もともと国内に自生していた種だったと考えられます。「古事記（こじき）」にも笋（たかむな）という呼び名で登場していることから、これらはかなり古くから食用とされていたのでしょう。

花が目立たないタケにも「節操（せっそう）のある」という花言葉があります。ほとんど等間隔に節目を刻むタケに私は実直さを感じます。朱雀院が女三の宮に贈った野趣溢れる山菜からは過（あやま）ちを悔いる節操のある実直さがにじみ出ています。

いっぽう、歌の「同じところ」とかけたトコロですが、出典によって山芋と記されたり野老と書かれたりという風に、果たしてこれがどの山菜を意味していたのか迷うところですが、ほとんどの場合トコロと読ませていることから、これがヤマノイモ科のトコロである可能性は高いと思います。トコロの根はそのままでは食べられませんが、灰汁（あく）を抜けば食べられることから江戸時代になると栽培品種が生まれるほど食品として重宝されました。

山奥ならではの貴重かつ節操のある品を娘に贈って深い仏道の境地へと誘おうとする朱雀院。それは娘を不幸にしてしまった父親が唯一なせる贖罪（しょくざい）だったのかも知れません。

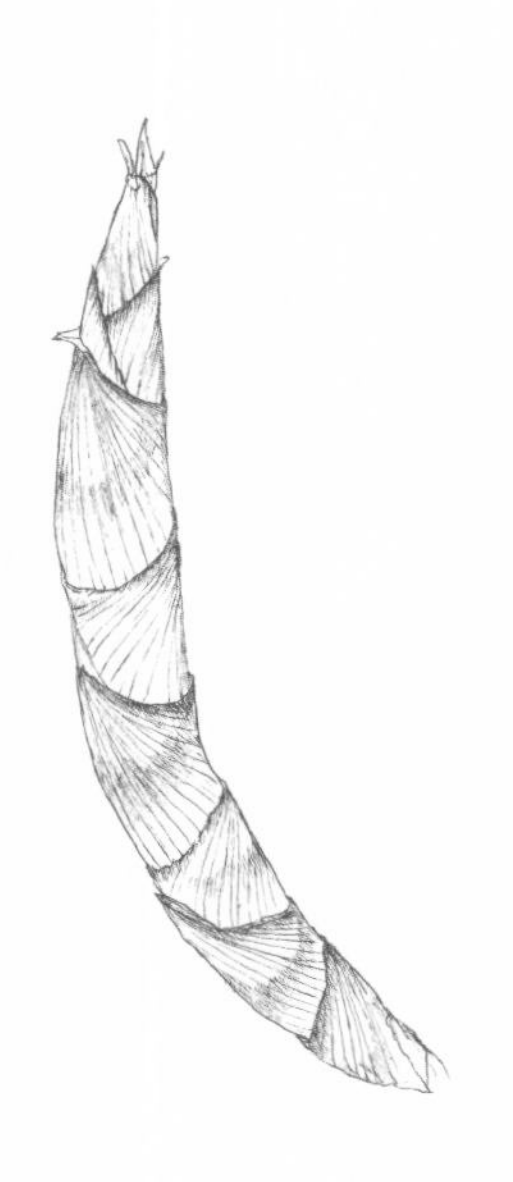

冷泉帝（れいぜいてい）

表向きは桐壺帝と藤壺中宮の皇子だが、実は光源氏と藤壺中宮との間に生まれた容姿美しく心優しい帝。

二人の父を持つ帝

光源氏の父・桐壺帝（きりつぼてい）の第十皇子としての表向きの顔を持つ冷泉帝（れいぜいてい）は、実は源氏と桐壺帝の中宮である藤壺中宮（ふじつぼのちゅうぐう）との間に生まれた不義の子です。そうとは知らない桐壺帝は容姿端麗なこの皇子を「瑕（きず）なき玉」と呼んで、大いに期待を寄せます。

実の両親である光源氏と藤壺中宮は桐壺帝への罪の意識に苛（さいな）

ウメ（梅）

学名：*Prunus mume*
分類：バラ科　落葉高木
原産：中国
開花：1～4月
特徴：日なた、肥沃を好む。

まれますが、そのいっぽうで源氏は冷泉帝を自分の理想的な分身として尊びながら支えます。「瑕なき玉」と称えられた冷泉帝の美貌は間違いなく実父のそれを受け継いだものです。そういう背景により冷泉帝は、表裏二人の父親の期待を一身に背負う運命の帝（みかど）であったと言えます。

突きつけられた真実

桐壺帝の後を継いだ光源氏の異母兄・朱雀帝（すざくてい）の退位後、東宮（とうぐう）の座にあった第十皇子はわずか十歳にして帝位を継承し冷泉帝となりました。それからしばらくして桐壺帝亡き後出家していた藤壺の元中宮が崩御し、十四歳になった冷泉帝は母を失った悲しみに打ちひしがれます。

【第十九帖「薄雲（うすぐも）」】で、悲しみに追い打ちをかけるように長年宮中に仕える僧侶から己の出生の秘密を打ち明けられた冷泉帝は衝撃を受けます。この僧侶は、本当のことを知っておいたほうが先々帝にとってはよいだろうという配慮と、冷泉帝が事実を受け止めることのできる年齢に達しているという確信から本人に真相を伝えることにしたのです。

普通なら実の子である事実を隠してきた光源氏を冷泉帝が恨んでもおかしくありません。しかし、冷泉帝は家族思いの優しい少年でした。

冷泉帝は自分の出生の真相について直接光源氏に尋ねたいと内心欲しますが、実父の立場に配慮してなかなか言い出せないでいます。それでも、実の父親を差し置いて自分が帝位につくのを心苦しく感じた冷泉帝は、帝の座を光源氏に譲りたい旨を申し出ます。

冷泉帝の思いつめた態度を察した光源氏は、真相が漏れたのではと案じつつ、丁重に冷泉帝の申し出を辞退し、臣下の任を全(まっと)うすることを誓います。

このことがきっかけとなり、冷泉帝はよりいっそう光源氏を重んじることとなり、源氏一族の繁栄の礎(いしずえ)はよりいっそう盤石なものとなっていきました。

切なきウメの歌

【第二十九帖「行幸(みゆき)」】にあるように、その後の源氏一族繁栄の真っただ中で大原野(おおはらの)への行幸(ぎょうこう)（帝の外出）が行われました。大原野は古来由緒正しき大原野神社が鎮座する地で、そこへ帝が参詣に訪れることには社会的に大きな意味がありました。

歌川国貞〈源氏絵物語〉第二十九帖「御幸」
東京都立中央図書館蔵

絢爛豪華な行幸の行列を一目見ようと訪れた源氏の養女・玉鬘（たまかずら）は美しく威厳のある冷泉帝に見とれてしまいます。そして帝もまた愛らしく心優しい玉鬘にほのかな恋心を抱くのでした。

ところが、その後、玉鬘は強引に言い寄る政界の実力者・髭黒（ひげくろ）と望まぬ結婚の約束を交わしてしまいます。それを聞いた冷泉帝は**【第三十一帖「真木柱（まきばしら）」】**で自らの想いを伝えるべく玉鬘を宮中へと呼び寄せます。冷泉帝は少しでも玉鬘に会えるように彼女に宮仕えを勧めますが、護衛としてその場に貼りついた髭黒が二人の間に割って入り、しきりに玉鬘を退出させようとします。

髭黒の煩（わずら）わしさに業を煮やした冷泉帝はこの護衛を霞に例え、玉鬘をウメの花の香りに例えて次の歌を詠みます。

九重に霞隔てば梅の花唯かばかりも匂ひ来じとや

（幾重にも霞が隔てるので、梅の花の香りは宮中まで匂ってこないのだろうか）

ウメは「源氏物語」に最も多く登場する花で、登場人物の多くがウメに悲喜こもごもの思いを託しています。目の前にウメの花が咲いて香る場面はもちろん、そこに実物の花がなくても歌に詠まれる大切な花、それがウメなのです。

奈良時代に中国から渡来したウメは大陸趣味を象徴する花として「万葉集（まんようしゅう）」などで多くの歌に詠まれ、その視覚的な美だけではなく、ほのかで上品な香りで人々を魅了しました。冷泉帝が歌にしたように、ウメの香りはしばしば想い人と結びつき、数多（あまた）の恋の歌に優雅な奥行きを与えています。花を美しい女性に例えることはよくありますが、視覚のみならず嗅覚も同時に満足させたウメは、より複雑で面白い歌の表現を可能にしてくれる花でした。

冷泉帝の気持ちを汲（く）んだ玉鬘は、こちらもウメの香りを題材にした次の返歌で憧れの帝に答えます。

かばかりは風にも伝てよ花の枝に立ち並ぶべき匂ひなくとも

（香りだけは風におことづけください、花の枝に並ぶべくもない私ですが）

十八年の在位を全うした後、冷泉院となったかつての帝は、皮肉なことに髭黒と玉鬘の長女を妃にし、かつての想い人を懐かしみます。

表裏二人の父親の期待を一身に背負った冷泉帝は、運命の帝として「源氏物語」に深みを与える、まさにウメの花言葉である「高潔」さをあわせ持つ忘れがたい登場人物です。

夕霧（ゆうぎり）

葵の上を母親に持つ光源氏の嫡男で、光源氏一族の繁栄を引き継ぐ几帳面な努力家。

困難を熱意で克服

藤壺中宮（ふじつぼのちゅうぐう）との情事の末にもうけた冷泉帝（れいぜいてい）や、明石の君（あかしのきみ）との間に生まれ後に中宮の座に上り（のぼり）つめる明石の姫君（あかしのひめぎみ）と比べ、光源氏が正妻の葵の上（あおいのうえ）との間にもうけた夕霧（ゆうぎり）は、光源氏の子どもたちの中でも特に不遇なスタートを切りました。

自分を産み落とした直後に実母の葵の上は他界し、父の光源氏には低い位からの出発というハンデを課せられた若き日の夕霧に

フジバカマ（藤袴）

学名：*Eupatorium japonicum*
分類：キク科　多年草
原産：東アジア
開花：８～９月
特徴：日なたを好む

は数多（あまた）の困難が立ちふさがります。光源氏としては息子をたくましく育てたいとの親心から、夕霧を低い身分の六位にとどめ大学（貴族の男児のみが入学できる役人を養成する学校）に入学させたつもりでしたが、そのことで夕霧は周囲から見下されるようになります。

幼い頃から互いに相思相愛の仲だった雲居（くもい）の雁（かり）との仲を彼女の父、頭中将（とうのちゅうじょう）に引き裂かれてしまったのも夕霧の身分の低さが要因の一つです。

それでもめげずに努力し着実に出世を重ねた末、ついに夕霧は雲居の雁との結婚を頭中将に認めさせます。そんな努力家の息子を光源氏もいつしか頼もしく思い、一族の未来を息子に託すことになります。

ロマンスも几帳面

雲居の雁への一途な想いを抱きながらも、光源氏の血を受け継ぐ夕霧に他の恋愛話がないはずはありません。実際、彼は父親の腹心の部下である惟光（これみつ）の娘、藤典侍（とうのないしのすけ）を側室に迎え、いとこで親友だった柏木（かしわぎ）の死後、その未亡人の落葉（おちば）の宮（みや）も側室にしています。

しかし、これらは父、光源氏への惟光の忠義をねぎらい、いとこの亡き柏木の遺言に従った律儀で几帳面なロマンスであり、そのあたりに苦労して這い上がってきた夕霧の実直な人柄をうかがうことができます。

【第三十九帖「夕霧（ゆうぎり）」】は、夕霧らしい根気強さが味わえる巻です。叔父にあたる光源氏への裏切り行為の罪悪感から病を得た柏木は、死の床でいとこの夕霧に妻である落葉の宮を託します。柏木の死後、落葉の宮を見舞う義理堅い夕霧ですが、実の妹で源氏に降嫁（こうか）した女三（おんなさん）の宮（みや）に夢中だった生前の柏木に愛情を感じなかった落葉の宮はすっかり弱気になり、夕霧のことも拒む始末。しかし、夕霧はどこか影のある落葉の宮にかえって惹かれていきました。

早々に邸（やしき）から出ていくように急き立てる落葉の宮に対して夕霧は、

荻原や軒端の露にそほちつつ八重立つ霧をわけぞゆくべき

（軒端の外は一面の荻原で、それについた朝露に濡れつつ、
幾重にも立ち込める霧の中、淋しく踏み分けて帰るのはさぞ帰りにくいことでしょう）

と言って、自分の滞在を落葉の宮に認めさせようとします。
それを受けて落葉の宮は女房（女官）を介して次の歌を夕霧に返します。

わけゆかむ草葉の露をかごとにてなほ濡れ衣をかけむとや思ふ
（あなたが踏み分けて行く草葉の露に濡れるのを言いがかりにして、
私に濡れ衣を着せようというのですか）

なんとも頑なな落葉の宮の態度ですが、それでも夕霧は熱意を持って落葉の宮と向き合い、最終的には彼女を側室として迎え入れ、今は亡き柏木の思いに報いたのでした。

フジバカマのプロポーズ

話は前後しますが、夕霧で最も印象的なシーンは【第三十帖「藤袴」】にある玉鬘とのフジバカマの花を介したやりとりではないでしょうか。
ある時、頭中将と亡き葵の上の母親の大宮が亡くなり、頭中将の実の娘・玉鬘と葵の上の遺児である夕霧は共通の祖母の喪に服していました。

そんななか、夕霧は父の光源氏の名代で宮仕えの勅令を玉鬘に届ける任を得て、彼女のもとを訪れます。喪服姿でたたずむ玉鬘にこの上ない美しさ感じた同じ喪服姿の夕霧は、こういうこともあろうかと持参したフジバカマの花を御簾（みす）（すだれ状の幕）の下から挿し入れて玉鬘に見せながら次の歌を詠みます。

同じ野の露にやつるる藤袴（ふじばかま）あはれは懸（か）けよかごとばかりも
（同じ野に咲いて露のためにやつれているフジバカマの花ゆえに、
　たとえ少しでも可哀そうだとお思いください）

歌川国貞〈源氏絵物語〉第三十帖「藤袴」
東京都立中央図書館蔵

「同じ喪に服すやつれたフジバカマなのですから、少しは同情して振り向いてください」といった感じのほのかに恋心の香る夕霧の歌に対し、玉鬘は、

尋ぬるに遥けき野辺の露ならばうす紫やかごとならまし

（尋ねるのに遥かに遠い野の露であるならば、
その薄紫のゆかりも都合のよい言い訳になりましょうか）

という歌を返し「住む場所の違う間柄ですので、そのフジバカマの縁も体のいい言い訳ですね」といった調子で巧みにいなしています。

この場合のフジバカマは、その薄紫色の花が喪服と重ねて見られています。フジバカマの名の由来は花が「藤色の袴」に見えることにちなみますから、落ち着いた色の喪服に例えて表現する夕霧は実に巧みです。

また古代中国の文献に、場を清める役割を担わされていたとあるフジバカマですから、夕霧がそれを持参したのは祖母の死去にともない身の周りの邪気を祓うためだったのかも知れません。

夕霧は、養父である光源氏の息子ですから玉鬘としては彼の告白めいた歌にためらいを隠せません。房状の花を少しずつ咲かせるフジバカマには「ためらい」という花言葉がありますが、それがこの時の玉鬘の気持ちと一致するのは単なる偶然でしょうか。

秋の七草の一つでもあるこの花の故郷は中国で、生の花は香りませんが乾燥させると豊かな芳香を漂わせ、それが大変好まれました。ともあれ、このフジバカマの洒落た軽いプロポーズは普段は几帳面な夕霧のほんの可愛い出来心といった感じなのかもしれません。

それに、それほど玉鬘が魅力的だったということでもあります。それにしても、それが本来は喪中の場を清めるための花だったとしても、もしもそのフジバカマの花をとっさに恋の小道具に転用していたのであれば、そんな夕霧の感性に拍手を贈りたいものです。

蛍宮（ほたるのみや）

桐壺帝の皇子で光源氏の異母弟にあたり、源氏の養女・玉鬘に恋する風流人。

蛍の似合う風流人

光源氏の異母弟にあたる蛍宮は、ある意味で最も平安貴族らしい風流人であるといえます。帝が臨席しての絵合（物を比べ合わせて優劣を競う物合の一つで、絵を比べる催し）や、明石の姫君の入内に先立ち源氏が催した薫物合（物を比べ合わせて優劣を競う物合の一つで、薫香を比べる催し）の判定者に抜擢されるあたりからも蛍宮が公正かつ教養豊かな人物であるのがうか

ショウブ（菖蒲）

学名：*Acorus calamus*
分類：ショウブ科　多年草
原産：東アジア、インド
開花：5〜7月
特徴：日なたの水辺を好む

がえます。

早くに妻を亡くした蛍宮は光源氏が養女とした玉鬘(たまかずら)に一目ぼれ。**【第二十五帖「蛍(ほたる)」】**に次の場面があります。ある五月雨の夜、玉鬘の邸(やしき)を訪れた蛍宮は几帳(きちょう)(可動式の仕切り)越しに彼女への想いを訴えますが、その様子は落ち着いていて下卑た感じは一切なく、他の男子とは著(いちじる)しく異なっていたとあります。

ちょうどその時、玉鬘は休んでいたところで、蛍宮の話が長いので正直ためらいますが、そこへ光源氏がやってきて几帳を少しめくったかと思うと布に包んで持ち込んだ数匹の蛍をあたりに放ちます。蛍の光にほんのり照らされ暗闇に浮き上がった玉鬘の美貌を一瞬垣間見た蛍宮は、ますますこの姫君に魅了されてしまうのでした。こんな優雅なエピソードも風流人たる蛍宮ならではです。

ショウブに託した悲哀

それからしばらくして玉鬘のもとに蛍宮からの贈歌が届きます。それはショウブの長い根に結びつけられた白い紙に次のようにしたためられていました。

今日さへや引く人もなき水隠れに生ふる菖蒲のねのみ泣かれむ

（端午の節句の今日でさえ抜く人もなく水底に隠れ流れるショウブは、その根だけが浮かび漂って泣くばかり）

自分を水底に隠れるようにして流れるショウブに例え、「根だけ浮かび上がって漂う哀れなこの身はどうせあなたの目にはとまらないでしょう」と蛍宮は玉鬘の同情を誘おうと必死です。

この歌にある菖蒲はアヤメ科のアヤメではなくショウブ科のショウブを指し、古くは菖蒲草と呼ばれました。ちなみにアヤメという呼称は草に入った文目模様（織物や木目を思わせる模様）からきているといわれます。

ショウブの葉には独特の芳香があり、それが邪気を払うと信じられて子どもの無病息災を願う端午の節句にはその葉が飾られました。健康のために菖蒲湯に浸かる習慣もこれと同じ理由によるものです。花の地味なショウブと、目立つ美しい花を咲かすアヤメの葉はよく似ていて、しばしば混同され、今ではアヤメや近縁種のハナショウブが端午の節句を彩る花になっています。

自分を目立たないショウブに例えて切実な恋心を訴える蛍宮に、返事を出してはどうかと光源氏は玉鬘にアドバイスします。そこで玉鬘は、

現はれていとど浅くも見ゆるかなあやめも分かずながれける根の

（ショウブが水面から現れると水が浅く感じられるのと同じふうに、所詮深くはないお気持ちなのでございましょう）

という歌とともに「ずいぶんと若々しいお気持ちですこと」という意味の言葉を添えて贈り返し、蛍宮の真意を疑います。

ショウブはその音（おん）が武芸の上達を意味する「尚武（しょうぶ）」、戦に勝つことを意味する「勝武（しょうぶ）」、また「勝負（しょうぶ）」にも通じ、葉の形が刀を連想させることから後に武家のしきたりに欠かせない植物になりました。そんな意味でおそらく筆より重いものを持たなかった典型的な文化人の蛍宮にはあまり似合わない草だったかもしれませんが、そんなギャップもたまには面白いものです。

ちなみに蛍宮は玉鬘からの返歌の内容はもちろん、その力の抜けた筆跡に逆に物足りなさを感じたというのですから、つれなくされてもさすがは都随一の風流人が持つ感性は格別なものがあります。

フタバアオイ（双葉葵）

柏木（かしわぎ）

頭中将の嫡男で、朱雀院（かつての朱雀帝）から光源氏へと降嫁した女三の宮と通じて身ごもらせ、自ら犯した罪に押しつぶされる哀れな貴公子。

思わず欲望の淵に堕ちて……

女三の宮が「悲しき姫宮」だったとしたら、彼女との享楽の恋に走ってしまう柏木は「哀れな貴公子」と呼ぶべき人物でしょう。

左大臣家の重鎮・頭中将の嫡男として生まれた柏木は将来が楽しみな若者でした。頭中将の項で紹介した通り、長い間わだ

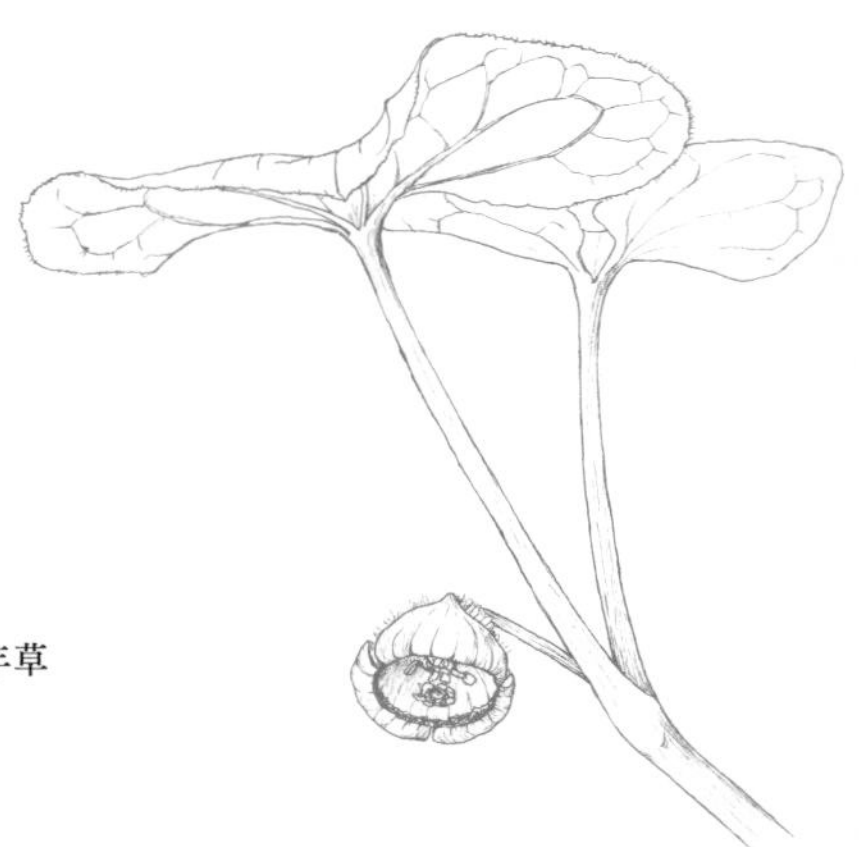

フタバアオイ（双葉葵）

学名：*Asarum caulescens* Maxim.
分類：ウマノスズクサ科　多年草
原産：日本固有種
開花：3～5月
特徴：日陰を好む

かまりがあった父と夕霧との仲直りの席で見事なサポートぶりを見せ両者を和解させたのが柏木です。この時点ではまだこの好青年がよもや自滅してしまうとは誰も予想していませんが、柏木の心の内には次第に抑えきれない欲望が渦巻いていきます。

柏木の不幸は身分の違い過ぎる皇女・女三の宮に恋をしてしまったことです。実の兄妹とは知らず玉鬘に恋をし、妻の落葉の宮に愛情が持てず、光源氏の妻となった自分より身分の高い女三の宮に恋い焦がれる柏木は、気の毒なくらい恋愛運のない青年です。

その運のなさを打破するかのように女三の宮に強引に近づいた柏木は**【第三十五帖「若菜下」】**において積年の思いを遂げてしまうのですが、それによるあまりにも重い代償が彼にのしかかります。それというのも柏木は、義理の叔父であり皇族に匹敵するほどの権威を持つ光源氏の妻に不義の子を身ごもらせてしまうという失態を演じたからです。

女三の宮が柏木の子を宿したのを偶然に知った光源氏は、まさかの展開に狼狽しつつ柏木をそれとなく咎めながらも、かつて自分が義理の母にあたる藤壺宮に不義の子を産ませてしまったことに思いをはせ、因果応報の業の深さを噛みしめます。

光源氏としては、この一件で必要以上に柏木を責めるつもりはなかったものの、柏木の反応は異なりました。皇家（こうか）に最も近い存在で政界の権威たる光源氏を敵に回した柏木に将来はないといっても決して言い過ぎではありませんし、何よりも欲望から犯してしまった己の罪の深さに打ち震えてしまうのでした。

相応しくないアオイ

女三の宮に近づき思いを遂（と）げてしまった柏木は、妻・落葉の宮のもとへはとても帰れず、実家でもんもんとしていました。望まぬかたちで事を推し進めてしまったのを悔いながらも、女三の宮への想いは募るばかりです。

それはちょうど賀茂（かも）の大祭（たいさい）（現在の葵祭（あおいまつり））の頃で、友人から見物の誘いが舞い込みますが、柏木は仮病を装って申し出を断ります。その時、柏木の側を一人の童女が賀茂の大祭のシンボルであるタチアオイの葉を持って通り過ぎました。柏木はその様子を眺めつつ、

くやしくぞ摘み犯しけるあふひ草神の許せる挿頭（かざし）ならぬに

（悔しくも罪を犯してしまいアオイの草を摘んでしまったが、
　これを私が挿頭すことなど神がお許しになるまい）

という歌を思い浮かべつつ耐え難い時を過ごしました。

柏木の叔母の葵（あおい）の上（うえ）の項で紹介した通り、フタバアオイは神の威光を携（たずさ）えた賀茂の大祭に欠かせない植物です。それを挿頭（植物を頭に挿す儀礼の際の身だしなみ）にできるのは高貴かつ潔白な人物のみとされました。

柏木は高貴な女三の宮をフタバアオイの葉に例え、彼女と強引に関係を持ってしまったことを「摘み犯し」というふうに表現します。また、そのフタバアオイを挿頭にすることと女三の宮と結ばれることを重ねて、それを神が認めるはずはなく、自分にはその資格がないと嘆くのです。苦しみながらも、フタバアオイの葉を見てとっさにこのような洞察に富む歌を詠むことのできる柏木の歌人としてのポテンシャルの高さは侮（あなど）れません。

フタバアオイの花言葉は「細（こま）やかな愛情」で、これはその葉がハート型をしていることにちなむことから、比較的近年に生まれた花言葉です。長きに渡って女三の宮を慕い続けた柏木の愛情は確かに細やかだったかも知れませんが、その顛末（てんまつ）は悲しいものでした。

夕霧に思いを託して

【第三十六帖「柏木（かしわぎ）」】において、思いつめた柏木はとうとう病を得て最期の時を迎えます。病床を訪れた親友の夕霧に源氏への謝罪の言葉を連ね、残していく妻・落葉の宮を託す柏木。

順風満帆ならば、政界の次世代を夕霧とともに担（にな）えた柏木。彼の冷静さを欠いた行いと早すぎる死は、父親の頭中将はもちろん光源氏や夕霧を深く悲しませ、真相を秘めつつ不義の子を産まざるを得ない女三の宮の幸せな未来を奪い、やがて生まれてくる息子、薫（かおる）の心を屈折させていきます。唯一の救いは、夕霧に託した未亡人の落葉の宮が以前よりも少し幸せになったことくらいでしょうか。

column

庭の楽しみ

四季折々の花が咲く貴族の庭を巡るのも「源氏物語」の楽しみの一つです。殿舎の飾りつけに技巧を凝らすのもさることながら、平安貴族は住まいの周囲を彩る庭造りにことのほか気を配りました。

光源氏の項でも紹介したとおり、源氏はかつての恋人で今は亡き六条御息所の旧邸を改築しつつ、四人の所縁ある女君たちに新たなる邸とともにそれぞれ春夏秋冬にちなんだ庭を贈り、各季節を彩る花木や草花を植えさせた様子が**【第二十一帖「少女」】**に記されています。そのさい、既存の築山（山の風情を出すため庭園内に盛られた小さな丘）を崩して移し替え、遣水（川の雰囲気を出すため庭園内に引かれた観賞用の水路）の流れや池も作り替えさせたといいますから、光源氏の庭への思い入れは相当なものでした。

正妻格の紫の上とともに住む邸の庭にゴヨウマツ、紅梅、サクラ、フジ、ヤマブキ、イワツツジを植えさせた光源氏は、春の花木を好む紫の上に配慮していますが、ところどころに秋の草を「さりげなく」植えさせていたといいますから、バランスのある庭造りに相当なこだわりを持っていたようです。

当時の貴族がかなり珍しい花を愛でていたと思われる箇所が**【第十帖「賢**

木(き)】にあります。政敵の娘・朧月夜(おぼろづきよ)の君(きみ)との情事が発覚して、政界ですっかり干されてしまった光源氏。

そんなある雨の降る静かな日、邸にこもってふてくされる光源氏を慰めようと頭中将(とうのちゅうじょう)がやってきます。他愛もない賭け事に興じた末に光源氏に大敗を喫してしまった頭中将は、後日新たな賭け事の席を設け、そこへ勝者の源氏を招待します。その時、階段の下に「春や秋の花盛りの時よりしめやかな感じが面白い」バラの花が咲いていたとあります。

これを日本固有の初夏に咲くノイバラだとする考えもありますが、「春や秋の花盛りの時よりしめやかな感じが面白い」と書かれていますので、四季咲きのバラだった可能性もあります。もしそうであれば、このバラは中国が故郷で四季咲きのコウシンバラだったのではないでしょうか。もちろん、決定的な証拠はないので断言はできませんが、古くから様々な外来種が我が国にもたらされていたことを想像するだけで、楽しくなります。

【第二十八帖「野分(のわき)」】に、この時代ならではの庭の楽しみ方が記された箇所があるので、紹介しましょう。光源氏の元の恋人、六条御息所の娘、前斎宮(さきのいつきのみや)は母親亡き後、源氏の養女となりました。

そして養父の尽力により入内(じゅだい)して冷泉(れいぜい)帝(てい)の妃(きさき)となった前斎宮は、秋の風情をことのほか愛(め)でたことで秋好中宮(あきこのむちゅうぐう)と呼ばれるようになったのです。

そんな彼女に源氏は秋の花が映える庭

を贈ります。ある年、秋好中宮の庭は例年よりも何故か美しく見えました。その庭には、以前にも増して様々な草花が集められては植えられ、花と花の間に黒木や赤木でこしらえた籬垣（ませがき）（植物でできた背の低い垣）が立てられました。

このような創意工夫に富んだ庭の構成により、花や籬垣の上についた朝露や夕露の光までもがいつもと違い、あたかも玉のように輝いて見えたと紫式部は書いています。

まるで、宝石箱のように美しい「源氏物語」の庭は、当時の人々の楽しみの宝庫を今に伝えています。

第四章　次世代の担い手たち

薫（かおる）

表向きは光源氏と女三の宮の嫡男だが、実は女三の宮と光源氏の義理の甥・柏木との間に産まれた不義の子であり、「源氏物語」第三部（匂宮～夢浮橋）における事実上の主人公。

心に闇を持つストイックな若君

光源氏亡き後の「源氏物語」第三部を事実上けん引する登場人物、それが薫です。成人する遥か以前に父親の光源氏が出家した末にこの世を去り、母親の女三の宮も何故か若くして出家するという明らかに謎めいた家庭環境について幼い頃に少しだけ聞かされた記憶を持つ薫。それが彼の心の中で自分の出生を疑う気

オミナエシ（女郎花）

学名：*Patrinia scabiosifolia*
分類：オミナエシ科 多年草
原産：東アジア～シベリア
開花：7～9月
特徴：日なたを好む

持ちへとつながり、強い焦燥感へと変容していきます。

「果たして自分は光源氏の実の子なのだろうか……」。実は、薫は母・女三の宮と光源氏の義理の甥（おい）にあたる柏木（かしわぎ）との間に生まれた不義の子で、かつて義理の母である藤壺宮（ふじつぼのみや）との間に、後に冷泉帝（れいぜいてい）となる男子をもうけてしまった源氏に因果応報（いんがおうほう）の業を痛感させた存在です。

己の悲しき運命を予感した薫は、いつしか深く内省にふけり仏道に励むようになり、他者に対しめったに本心を見せず一種近寄りがたい雰囲気を持つ若者に成長します。そして、ついに昔の事情に詳しいある老女房（にょうぼう）（女官）から出生の秘密を聞かされ愕然（がくぜん）とします。

それでも、薫の身のこなしは落ち着いていて優雅で、明るく社交性に富んだ同世代の匂宮（におうみや）と著（いちじる）しい対比を見せ、二人は共に光源氏亡き後の政界の未来を担（にな）う逸材として周囲から期待を寄せられるまでになります。

天性の香り

薫には匂宮をはじめ他者とは異なる独得な身体的特徴があり、原典では次のように語られています。

香のかうばしさぞ、この世のにほひならずあやしきまで、うちふるまひ給へるあたり遠くへだたる程の追風も、まことに百歩の外を薫りぬべきここちしける

（香りの芳ばしさは、人間界のにおいではなく、

あやし気なほど、ちょっとみじろぎなさるその周囲は、

遠く離れた所の追風も、まことに百歩以上も遠くまで薫るような感じがする）

このように薫は、遠くまで香る芳ばしい体臭を持つという特異体質の持ち主だったのです。既に豊かな香りを持つウメの花にしても、薫が軽く袖を触れただけでより芳ばしい香りを漂わすようになり、さらにそれを自分の着物にしみ込ませる者がいるくらいです。また薫がフジバカマを手折ると本来の花の香りが隠れてしまい、一段と素晴らしい香りが追い風に乗って遠くへ運ばれるほどだというのです。

薫本人は自分の類希な芳ばしい体臭をかえって面倒に思い、しかし、そうであるがゆえにめったに香など焚きしめません。その反対に、天性の香りを持つ薫を、匂宮

はとても羨ましがり、同世代の薫にライバル心を燃やすあまり衣服に念入りに香を焚きしめて薫に対抗するのでした。

崩れる信念

世をすねて、いつしか出家を望む薫は、**【第四十五帖「橋姫（はしひめ）」】**で光源氏の末の弟で今は宇治（うじ）で仏道に励む八の宮（はちのみや）のことを知り、宇治の山荘を訪ねます。信仰心豊かな八の宮に心酔したのも束の間、薫はひょんなことから八の宮家の大君（おおいぎみ）と中の君（なかのきみ）姉妹（紅梅大納言の娘の大君と中の君とは別人）の姿を垣間見、特に長女の大君（おおいぎみ）に恋心を抱いてしまいます。世俗に背を向けようとストイックに立ち振る舞っていた薫でしたが、大君に出会ったことで自分の中に眠っていた欲望が呼び覚まされたのです。

しかし、妹思いの大君は薫を中の君と結びつけようと薫の求愛をことごとくはねのけます。そこへ、匂宮が関わってきて中の君と恋仲になったり、姉妹の父・八の宮が出家先で亡くなったり、ちょっとした行き違いで心労を重ねた大君が夭逝（ようせい）してしまったり、あげくの果てに大君と中の君の腹違いの妹・浮舟（うきふね）が現れて薫と匂宮との狭間で揺れ動いたりと、薫の恋物語は急展開の連続で、そのまま「源氏物語」は最終章へと突入します。

哀れにも薫は恋い焦がれた大君に先立たれ、大君亡き後ほのかな恋心を抱いた中の君を匂宮に奪われ、大君に生き写しの末の妹・浮舟をも匂宮との三角関係の末に失い、ことごとくプライドを踏みにじられます。しかしそれも、表向きは恋などとは無縁といった風に冷静を装いながらも、内心誰よりも熱き恋に憧れるといった薫の心的バランスを欠いた二面性がもたらした顛末であるといえます。

オミナエシ、それは恋する人

大君になかなか自分の思いを受け入れてもらえない薫。それどころか大君は妹の中の君を薫にしきりに勧めます。父の八の宮亡き後、姫君たちにはしっかりとした後見人を必要としていました。そこで、大君は薫を中の君の後見人に立てて可愛い妹の未来を保証しようとしたのです。

大君の思惑が気に入らない薫は、宇治の姫君らに興味津々の匂宮を中の君と結びつけようとあれこれ画策します。**【第四十七帖「総角」】**のなかで、腹に一物ある薫を、匂宮は「置き去りにせず、今度は宇治に連れて行ってくれよ」と言ってからかいます。迷惑そうに顔をしかめる薫に匂宮は次の歌を贈るのでした。

女郎花(をみなえし)咲ける大野をふせぎつつ心せばくやしめを結(ゆ)ふらむ

(オミナエシが咲き広がる秋の野に、誰も入れまいと心狭く囲いを巡らす君)

匂宮は宇治の姫君らをオミナエシの花に例え、なかなか彼女たちと会わせてくれない薫の度量の狭さを皮肉ります。匂宮の挑発に対して薫は、

霧ふかきあしたの原の女郎花(をみなえし)心を寄せて見る人ぞ見る

(霧深き朝の野原のオミナエシ、それは深い思いを寄せる者しか見られない)

という歌を返して、大切なオミナエシはその花に深い思いを寄せる自分にしか見られないのだと言って嫌味(いやみ)を言う匂宮をけん制します。

また薫は**【第五十二帖「蜻蛉(かげろう)」】**の中で匂宮とともに宮中に赴(おもむ)いた折、自分を怖がって近寄らない女房たちを美しいオミナエシに例えて次の歌を彼女たちに投げかけて

います。

女郎花（をみなえし）みだるる野辺（のべ）にまじるとも露のあだ名をわれにかけめや

（オミナエシの咲き乱れている野原に入り込んでも、

私は露に濡れたりはしないし少しの浮名も立てられない）

「女性の色香には影響されないので、そんなに私を怖がることはない」という思いを歌に込めた薫に対して、そこに居合わせた一女房の中将（ちゅうじょう）の君（きみ）は同じオミナエシを詠んだ歌を薫へと返します。

花といへば名こそあだなれ女郎花（をみなえし）なべての露に乱れやはする

（花と申しますと名まで艶っぽいオミナエシでも、

どんな露の誘いにも濡れはしないものを）

「わたしたちこそ、色香による誘惑にはのせられません」という機知に富んだ歌を返した中将の君に薫は興味を抱きますが、やはりそう簡単には女房らに心を開こうとはしません。それに比べて社交的な匂宮は女房らに気さくに声をかけ、彼女たちも親しそうに匂宮と交流しています。それを横目に薫は匂宮への強い嫉妬心を抱くのです。

「秋の七草」の一つに数えられるオミナエシは、黄色く小さな花が女性をはじめ当時の多くの人が主食としていたアワに似ていることから女飯（おみなめし）と呼ばれ、それがなまっていつしかオミナエシと呼ばれるようになったといいます。

その愛らしい花の咲き方からも、事あるごとに可愛らしい女性と結びつけられたオミナエシの花言葉は「美人」。また、どことなくもの悲しい秋の野原に淡い花を連ねるからか、この花には「儚（はかな）い恋」という花言葉もあり、むしろこちらのほうが幾多の恋に破れた薫自身を表しているように思えます。

悲しい幕引き

生真面目でストイックな表の顔と欲望のためには手段を選ばない裏の顔をあわせ持つ薫は、心の複雑さを実感させる極めて現代風なキャラクターであり、そういった意味で紫式部の凄さを今に伝える人物造形の妙であるといえます。

時に深く内省しつつも、最後の最後まで自分の思惑だけを優先し、相手の気持ちが今ひとつ理解できない薫の在り様にはもの悲しさまで感じます。しかし、紫式部はあえて薫を目覚めさせることなく「源氏物語」の幕を引き、貴族社会の矛盾をあぶり出すのです。

コウバイ（紅梅）

匂宮（におうみや）

今上帝の第三皇子で母親は光源氏の娘・明石の姫君（後の明石の中宮）。源氏亡きあとの政を背負って立つ若宮と目されるが、奔放で浮気性な性格が波乱をもたらす。

自由奔放なプリンス

光源氏の遺児・薫（かおる）（表向き薫は光源氏の子だが、実は柏木（かしわぎ）と女三の宮（おんなさんのみや）との間に生まれる）とともに「源氏物語」の後半を飾る**【第四十五帖「橋姫（はしひめ）」】**から**【第五十四帖「夢浮橋（ゆめのうきはし）」】**までの「宇治十帖（うじじゅうじょう）」における主要登場人物の一人が匂宮（におうみや）です。

光源氏を祖父に持ち、今上帝（きんじょうてい）と明石（あかし）の中宮（ちゅうぐう）との間に生まれた

コウバイ（紅梅）

学名：*Prunus mume*
分類：バラ科 落葉高木
原産：中国
開花：１～４月
特徴：日なた、肥沃を好む

匂宮は、生粋の皇族であり、将来を嘱望される若者です。しかし、彼は祖父ゆずりの浮気性と宮家に似つかわしくない自由気ままな行動が多くの波乱をもたらすトラブルメーカーとしての側面をもあわせ持ちます。

身分の高さゆえの堅苦しさを嫌い、その反動からか美しい女性を見た途端に甘い言葉で巧みに恋をささやく匂宮。「自由奔放なプリンス」、そう、彼にはそんな通り名が似合います。

宇治の中の君、夕霧の娘の六の君、そして最終盤のヒロイン・浮舟と、匂宮が恋する相手は皆、彼の魅力の虜になりながらもこの「自由奔放なプリンス」に翻弄されます。

特に匂宮との間に男の子をもうける中の君は、夫の感心が六の君や実の妹の浮舟へと移り変わるたびに戦々恐々とします。浮舟にいたっては匂宮と薫との間で板挟みとなり、生きる気力さえ失せてしまうのですから、匂宮はかなりお騒がせな皇子なのです。

紅梅の心理戦

【第四十三帖「紅梅」】に、ウメの花をめぐっての歌による駆け引きが展開する場面

があり、匂宮の魅力が堪能できます。

故頭中将の次男で、今は亡き柏木の弟である紅梅大納言には先妻との間に大君と中の君という二人の娘がおり（八の宮家の大君と中の君とは別人）、父親としては次女の中の君を光源氏の血を引く匂宮にぜひとも娶ってもらいたいと考えていました。

そこで紅梅大納言は、ちょうど程よい感じに庭に咲いていた紅梅を手折らせ、それに次の歌を添えて匂宮に贈ります。

心ありて風のにほはす園の梅にまづうぐひすのとはずやあるべき

（考えあって風が匂わす園のウメに、先ずは鶯がやって来なければ）

中の君を紅梅に、そして匂宮を鶯に例えて、娘のもとへ若宮を誘うこの歌は、詠み手の紅梅大納言の呼称の由来にもなっています。

紅梅大納言からウメの枝が添えられた歌を受け取った匂宮は、「紅梅の色は美しいが、香りは白梅に負けるといわれるものの、この紅梅は色と香りの双方を兼ね備えて

歌川国貞〈源氏絵物語〉第四十三帖「紅梅」
東京都立中央図書館蔵

いる」と感心しつつ眺めます。

しかし、匂宮のお目当ては紅梅大納言の後妻・真木柱（強引に玉鬘と結婚した黒髭が先妻との間にもうけた女君）の連れ子である東の姫君でした。そんなわけで紅梅大納言からの誘いにすぐに応じようとしなかった匂宮は、翌朝気が乗らないまま次の歌を返します。

花の香にさそはれぬべき身なりせば風のたよりを過ぐさましやは

（花の香りくらいで誘われてしまうような私でしたら、
　　たとえ風の便りをお送りしたとして黙って聞き入れられるでしょうか）

「そうそう簡単には言いなりになりませんよ」というニュアンスのことを匂宮はウメ

の香にかけた歌でやんわりと大納言にほのめかします。
匂宮からの返事を受け取った紅梅大納言は、相手の絶妙な返し技に唸りつつも、恋多き男というもっぱらの噂がある匂宮の本心を探ろうと、今度は、

本つ香のにほへる君が袖ふれば花もえならぬ名をや散らさむ
（もとから匂いのよいあなたの袖が触れるならウメの花も見事な評判を得るでしょう）

という中の君をウメの花になぞらえたストレートな誘いの歌を匂宮に贈ります。
それを受け取った匂宮は決して悪い気はしないものの、今度は次の歌を紅梅大納言へ返します。

花の香をにほはす宿にとめゆかば色にめづとや人の咎めむ
（梅の香りの素晴らしいあなたの邸を尋ねて行けば、
色香に目のない浮気者と非難されるでしょう）

これにはさすがの紅梅大納言も呆れたのか匂宮をますます心憎く思うのでした。

このように匂宮という皇子はウィットに富み、とても世渡りの上手な若者で、表向きは落ち着きはらっていても、その内面に葛藤渦巻く「宇治十帖」のもう一人の主人公、薫とはとても対象的です。

ウメの香りに含まれた皮肉な冗談

宇治に住む（光源氏の末弟の）八の宮家の姫君らと心を通わせる薫と匂宮。その後、薫の慕う姉の大君は夭逝し、天涯孤独の身となった妹の中の君は匂宮のもとへ嫁ぐことになります。

かつて薫は大君と二人きりになりたいがために、中の君と匂宮を結びつけるための姑息な手段を用いており、匂宮もそんな薫の裏の顔を承知しています。薫は薫で好色で調子のいい匂宮だけがいつもお目当ての女性を射止めるのを快く思っていません。しかし、同世代で共に周囲から期待されていることから、二人の間には奇妙な連帯感と友情が培われています。

【第四十八帖「早蕨」】で描写される、ある正月のこと。大君を失った後、ほのかな恋心まで抱いていた中の君までが匂宮に嫁いでしまったため薫は意気消沈していました。そんな折、匂宮が紅梅の香りを愛でていると、そこに手折ったウメの枝を携（たずさ）えた薫が近づいてきます。それを見た匂宮は、

折る人の心にかよふ花なれや色には出（い）でずしたににほえる
（折る人とこのウメの花は心が通っているのだろうか、
　外ではその色香が感じられないが内側に匂いを含んでいることだ）

となにやら皮肉めいた歌を薫に贈ります。

確かに仏道に打ち込む薫は、一見ストイックに見えますが、その内側には恋のためなら手段を選ばない狡猾（こうかつ）さを有する一筋縄（ひとすじなわ）ではいかない青年です。

匂宮の意地悪な歌の返事として薫は次のような歌を詠みます。

見る人にかごと寄せける花の枝（え）を心してこそ折るべかりけれ
（ただ花をながめている私にそんな言いがかりをつけるほど

大切になさっているウメの花でしたら、心して折ればよかった）

冗談交じりに腹の探り合いができるのも二人の仲がいいからだという調子で物語はこの場を収めています

ウメは「源氏物語」で最も多く登場する花です。それだけに、この花は喜び、恋、皮肉、悲しみ、哀切など様々な感情と結びつき、登場人物たちの心を代弁します。

作中では特に紅梅の出番が多く、紅梅大納言の例のように登場人物の呼称にも反映されています。やはり遠目で庭を眺めた時、白梅よりも紅梅のほうが目に留まりやすかったのでしょう。

匂宮と紅梅大納言が贈り合う歌の中にはウメの香りに触れたものがあります。ウメの花はその視覚的魅力に加え、香りが珍重される春の風物詩でした。そればかりではなく、古くから中国では、ウメの実は食用として尊ばれ、しばらくはその花は実の陰に隠れて文学作品に用いられなかったほどです。

日本では奈良時代末期に成立した「万葉集（まんようしゅう）」にウメの花を詠んだ歌が多数収録されていることから、比較的早い段階で春を寿（ことほ）ぐ花としてウメが注目を集めていたことがわかります。

それにしても、早春を告げる花であるのに加え、実も、香りも愛でられていたわけですから、「源氏物語」で一番人気の花であるのもうなずけます。花言葉の「高潔」も、ウメの確かな品格の魅力に基づいているのでしょう。

匂宮と薫との間のウメのやりとりからは、互いをよく知る友人同士の気心の知れたユーモアがにじみます。また、事あるごとに花の香りが取りざたされるウメですから、香りを巡ってライバル心を燃やす二人にこそ似つかわしい花でもあります。

大君（おおいぎみ）

光源氏の異母弟・八の宮の長女で、妹の中の君を可愛がりつつ、亡き父の教えに従い一生独り身であろうとするが、薫に求婚されて戸惑う。

頑なに父の遺言を守り通した妹思いの姫君

光源氏の弟、八の宮の長女が大君（一九七ページの紅梅大納言の娘の大君とは別人）です。兄の光源氏と異なり八の宮は政界で芽が出ず、早くに妻を亡くし、また都の邸が焼失するという度重なる不幸に見舞われた末に宇治の山荘に移り住みますが、彼の心の慰めが娘の大君とその妹の中の君（紅梅大納言の娘の中の

ウメ（梅）

学名：*Prunus mume*
分類：バラ科 落葉高木
原産：中国
開花：１～４月
特徴：日なた、肥沃を好む。

君とは別人）姉妹の存在です。

仏道に励む八の宮に憧れて宇治を訪ねた薫（かおる）は、楽器を奏でる姉妹の姿を垣間見て姉の大君に恋をします。その後、老いを実感した八の宮は出家を望み、娘たちに無謀な結婚はしないようにとの教えを残して山寺に赴（おもむ）き、そこで死去。大君は亡き父の教えに忠実であろうと度重なる薫の求婚を頑（かたく）なに拒み続けます。その代わりに妹の中の君を薫に娶（めと）らせ幸せにしてもらおうとする大君はとても妹思いの優しい姉君です。

しかし薫は大君にこだわり続け、彼女から妹を遠ざけようと匂宮（におうみや）を中の君と結びつけるための策を弄（ろう）し、その隙を見て大君に求婚するものの彼女の気持ちは一向に変わりません。

そうしているうちに匂宮は両親の今上帝（きんじょうてい）と明石（あかし）の中宮（ちゅうぐう）（明石の姫君）から宇治への出入りを禁じられ中の君と会えなくなってしまいます。曲がりなりにも匂宮は皇子（みこ）なのですから、軽々しく地方の姫君とつき合うべきではないというのが父帝（みかど）の考えです。

中の君に会えない匂宮は、それでも宇治を訪れて船遊びに興じながら彼女の気を引こうとしますが、直（じか）に会いに来ない匂宮のつれない態度に大切な妹を侮辱されたと受けとった大君は悲しみのあまり病の床に臥(ふ)してしまいます。そして程なく大君は妹の将来を薫に託して短い人生を終えてしまうのです。

ウメに亡き姉を偲ぶ

匂宮の中の君への思いがあまりにも強いため、熱意にほだされた明石の中宮は中の君の都入りを許します。また、唯一の身内である大君を失った中の君には匂宮のようなしっかりとした後見人が必要だったのです。

【第四十八帖「早蕨(さわらび)」】において、薫は匂宮と中の君のために都への引っ越しの世話をやきます。実は大君亡き後、薫は中の君に淡い恋心を抱いていました。しかし、自らの策略で中の君と匂宮を結びつけてしまったわけですから今さらどうしようもありません。

中の君の都入りがいよいよ近づいてきたある日、宇治の八の宮邸には紅梅の花が咲き誇り、あたりに甘い香りを漂わせていました。そんな紅梅の花を愛(め)でながら薫と中の君は大君の思い出にひたります。珍しいことに辺りを飛んでいく鶯はこんなにも綺麗に咲いているウメの花に見向きもせず、二人はますますしんみりして在原業平(ありわらのなりひら)

（平安時代初期の貴族にして歌人で「伊勢物語」の主人公に擬せられたという説がある）の次の歌を思い出します。

月やあらぬ春や昔の春ならぬわが身ひとつはもとの身にして
（月は昔のままの月ではないのか、春は昔の春ではないのか、
私のこの身だけが変わらないというのか）

肉親をいっぺんに失った中の君はこの世の無常を嘆きながら、それでも相変わらず悲しみで胸をいっぱいにし続ける自分を哀れみ、「やりどころのない苦しみを紛らわすのにも、辛い世の慰めにも、姉君はいつも紅梅に心を惹かれ、その花を楽しんでおられました」と呟き、次の歌をそっとささやきます。

見る人もあらしにまよふ山里に昔おぼゆる花の香ぞする
（花を見る私でさえ嵐に迷うこの山里に、昔の人の思い出の花の香りがいたします）

その囁きを聞き逃さなかった薫は、

袖ふれし梅はかはらぬ匂ひにて根ごめうつろふ宿やことなる

（昔、私の袖のふれたウメは今も変わらない美しさなのに、

そのウメの木がそっくりそのまま根ごと移るのは余所なのですね）

と詠んで中の君が匂宮のもとに嫁いでしまうのを惜しみます。薫の歌にある「袖ふれし梅……」というのは、この時代ならではの表現で「かかわりを持ってしまったウメの花」という意味で、この歌の場合、薫は中の君をウメの花に例えて自分から離れて行ってしまうのを残念がっているのです。

中の君の歌からは亡き姉への偽りなき慕情の念がしみじみと伝わってきます。いっぽう薫の歌には大君から中の君へといとも簡単に心が移る男の身勝手さがにじんでいて、この二つの歌のニュアンスはとても対照的です。

大君自身は花の歌を残していませんが、生前に紅梅をこよなく愛したことが妹から知らされるくだりには何ともいえない詩的な趣があります。

まだ冬も明けぬ頃に咲く梅は、それを見たり香りを嗅いだりすることで寒さをしのぐ安らぎを与えてくれる花として古くから中国において愛（め）でられてきた花で、日本でも大陸由来の優雅な趣を感じさせる花として尊ばれました。「源氏物語」でも多くの場面でウメが登場して豊かな情感を各場面に与え、春を象徴する存在としてストーリーを豊かにするのに貢献しています。

平安前期、政敵に陥（おとしい）れられ、都から九州の太宰府に左遷された悲劇の学者で政治家の菅原道真（すがわらのみちざね）と、その主を追って都から太宰府へと一夜にして飛んだウメの木にちなんだ飛梅（とびうめ）伝説。薫の歌にある「そのウメの木がそっくりそのまま根ごと移るのは余所なのですね」という部分は、もしやこの飛梅伝説を意識したものでしょうか。

悲しみと苦悩に翻弄（ほんろう）され若き命を散らした大君。疲れ切った彼女の冷えた心を温めてくれたのが家族の愛情と、冬の風景を彩る紅梅だったと知ると何故か胸に込み上げてくるものがあります。

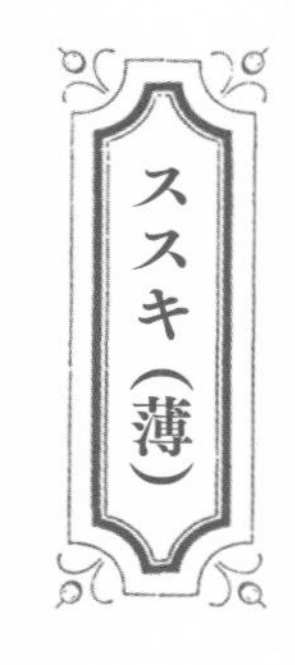

中の君（なかのきみ）

光源氏の弟・八の宮の次女で大君の妹であり、浮舟の異母姉。匂宮に見染められ妻となる。

孤立無援ながら生き抜く姫君

中の君（一九七ページの紅梅大納言の娘の中の君とは別人）は光源氏の弟で晩年宇治において隠遁生活を送った八の宮の次女であり、妹の行く末を心配するあまり病にかかり命を落としてしまう大君の妹です。

匂宮という後ろ盾として申し分のない伴侶に恵まれながらも、本当の愛を得られず苦悩する中の君の姿は痛々しく切ないも

ススキ（薄、芒）

学名：*Miscanthus sinensis*
分類：イネ科　多年草
原産：日本、中国、朝鮮半島など
開花：9～10月
特徴：日なたを好み、土質を選ばない

のがあります。また、薫(かおる)からの絶え間ない求愛に応えられず苦し紛れの策を弄(ろう)する彼女の切実さには鬼気迫るものがあります。

その苦し紛れの策とは、異母妹の浮舟(うきふね)の存在を薫にほのめかすことで彼の注意を自分からそらそうというもの。この中の君の策が後日さらなる悲劇を生むのですが、父の八の宮や姉の大君を次々と失った孤立無援の彼女にしてみればそのような策を講じることでしか己の身を守ることができなかったのでしょう。

事実、姉の大君は心労が災いして夭逝(ようせい)し、異母妹の浮舟は周囲の欲望に翻弄(ほんろう)されたあげくに出家するなど、姉妹がそろって薄幸の道をたどったのに比べ、中の君は紆余曲折の果てに貴族社会でたくましく生き抜いた姫君です。

馴れ初めのサクラの歌

【第四十六帖「椎本(しいがもと)」】にあるように、中の君と匂宮との馴(な)れ初(そ)めは、薫から宇治に住む八の宮家の姫君らの話を聞き興味を持った匂宮が、宇治へと出向いて管弦の宴を催したことです。

川沿いの別荘で音楽を奏でる匂宮一行の目的は川向うの八の宮家の姫君らの気を引

くこと。しかし、皇族であるがゆえに表立って羽目を外せない匂宮は、それ以上の積極的な誘いかけができません。
匂宮が己の高い身分を疎ましく思うのはこんな時ですが、「姫君たちに歌ぐらい贈ってもいいだろう」と考えた彼は、次の歌を使いの者に託して八の宮家に届けさせます。

山桜にほふあたりに尋ね来て同じかざしを折りてけるかな
（ヤマザクラの咲き匂うこの地にやって来て、あなたと同じ
　この地の美しい花を挿頭（かざし）（植物を頭に挿す儀礼の際の身だしなみ）にしました）

それを受け取った八の宮の姫君らは、匂宮ほどの高貴な人への返事などとてもできないと尻込みしますが、年老いた女房（にょうぼう）（女官）らに急（せ）かされた中の君は次の歌で匂宮に返事をします。

かざし折る花のたよりに山がつの垣根を過ぎぬ春の旅人

(あなた様は挿頭の花をお探しになるおついでに、
この山人の住居をお通りになったほんの通りすがりの春の旅人なのでしょう)

サクラの花びらが舞う宇治における、この見事な歌の返し技に匂宮が感心しないはずはなく、このことがきっかけで中の君は都への道の第一歩を踏み出します。

ススキを訪れる凩

父・八の宮に続き姉の大君まで失った中の君は、ついに匂宮のもとへ嫁ぐため都へとやってきます。やがて匂宮との子を身ごもった彼女にとって順調に見えた夫婦生活ですが、叔父である夕霧(ゆうぎり)のたっての願いで、匂宮が夕霧の娘・六の君(ろくのきみ)を娶(めと)ったことで中の君の行く手に暗雲が立ち込めます。

可愛らしい六の君に夫の寵愛(ちょうあい)が移ってしまうのではと心配する中の君に、今度は亡き大君の面影を妹に重ね見た薫が近づいてきます。そんな薫と妻との仲を怪しんだ匂宮は、**【第四十九帖「宿木(やどりぎ)」】**で、こんな皮肉たっぷりの歌を妻へと差し向けます。

穂にいでぬもの思ふらししのすすき招くたもとの露しげくして

（表向き穂には現れない物思いをしているようでも、

それはススキのたもとの露のごとくお招きがしきりだ）

夕刻の風が身にしみるなか、穂を揺らすススキ。それにまとわりつく露を薫に、ススキの穂を中の君にそれぞれ例え、匂宮は中の君を相手に歌を駆使しての心理戦を仕掛けるのでした。

匂宮の奏でる琵琶の音色に耳を傾けながら同じススキを題材にして、中の君は次の歌を夫へと返します。

秋はつる野辺のけしきもしのすすきほのめく風につけてこそ知れ

（秋が終わる野原の様子も、シノやススキに少しか吹かない風につけて知ることです）

「自分が露にまとわりつかれるススキであったなら、その草に少ししか吹こうとしない風のようなあなたはいったい何なのです」。中の君は自分に対する匂宮の無関心さを切実に訴えます。緊迫したススキの歌のやりとりがここにあり、中の君のしたたかな生き様が垣間見える場面です。ススキにはその迷いのない立ち姿から「心が通じる」という花言葉が冠されていますが、それに反して匂宮と中の君の心が離れてしまっているのが何とも皮肉です。

秋の七草に含められるススキの別名は尾花(おばな)で、それは穂が馬の尾に似ていることにちなみます。一説にススキの呼称の由来は「スクスク」と「キ」の二つの語を合わせたものであるとの説があり、「スクスク」は文字通りすくすく伸びることを意味し、「キ」は木あるいは草を表しているのだとか。

旺盛な繁殖力を持つこの草に先人はたくましい稲穂の実りを重ね見ました。収穫祭としての中秋の名月にススキが飾られるのにはそんな背景があります。

大切な役割を担(にな)ったススキは背が高く目立つ草ですから、昔の人はそれについた露や長い茎を揺らす風も見逃さないで格好の歌の題材としました。孤独な身の上にも関わらず厳しい貴族社会を生き抜いた中の君は言ってみればススキのようにたくましい姫君だったのではないでしょうか。

タチバナ（橘）

浮舟（うきふね）

光源氏の弟・八の宮の末娘で、大君と中の君の異母妹。薫と匂宮との三角関係に苦しんだ末に自分なりの結末に向かってひた走る。

純粋かつ素朴な「源氏物語」最後のヒロイン

仏道に励み世俗とは一線を画そうとする光源氏の遺児・薫（表向き薫は光源氏の子だが、実は女三の宮と柏木の間に生まれる）。ところが、光源氏の弟・八の宮の娘たちへの恋心が薫を惑わせます。期せずして意中の姉・大君に先立たれ、妹の中の君を匂宮に奪われてもんもんとする薫。そんな彼の前に現れたのが亡き大君と中の君の腹違いの妹・浮舟でした。

タチバナ（橘）

学名：*Citrus tachibana*
分類：ミカン科 常緑小高木
原産：日本固有のカンキツ
開花：５～６月
特徴：日なたを好む

浮舟は八の宮と、その女房（女官）だった中将の君との間に生まれ、その後母親に育てられた素朴な娘で、八の宮家の大君や中の君らと比べると、歌や楽器の演奏など貴族女性に求められたたしなみに秀でていたわけではありません。けれども、そんな彼女の等身大の魅力が薫や匂宮を虜にしたのでしょう。

義理の父の仕事の都合で京へと戻ってきた浮舟の話を彼女の姉・中の君から聞いた薫は、亡き大君の面影をこの末の妹に見ようと一方的に夢をふくらませていきます。

いっぽう、ひょんなことから浮舟と遭遇した匂宮は、早くも彼女に魅せられてしまいます。ここから何とか浮舟を独占しようと策を弄する薫と、隙あれば薫を出し抜いて浮舟の愛を得ようとする匂宮の腹の探り合いが繰り広げられます。

言うなれば浮舟は、身分を盾に女性に対して好き勝手をしかねない当時の貴族男性の犠牲者として描かれているようにさえ見え、そのあたりに紫式部が「源氏物語」に込めた貴族社会への痛烈な批判が反映されていると思います。

何かと世話を焼いてくれる薫。ロマンティックな大人の恋の世界へと自分を誘ってくれる匂宮。純粋で心の優しい浮舟は、自分に関りを持つ二人の青年との間で揺れ動き、板挟みになって苦しみます。そして彼女は自らの死ですべてを清算しようと決心するのでした。

タチバナの小島にて

匂宮から浮舟を遠ざけようと薫は彼女を宇治へと連れていきます。しかし、それくらいで恋をあきらめる匂宮ではありません。

【第五十一帖「浮舟」】で、こっそりと宇治へと出向いた匂宮は薫を装って浮舟に近づき、熱烈な愛の告白をします。てっきり薫かと思っていた相手が実は匂宮だったことを知った時には既に遅く、浮舟はすっかり匂宮の虜になってしまいます。

親切な薫か、ロマンティックな匂宮か。板挟みになって苦悩する浮舟に追い打ちをかけるように、ある大雪の夜に再び匂宮がやってきて、幻想的な風景の場所へと浮舟を誘い、彼女の恋心をかきたてます。

大雪の日の夜更けに匂宮は浮舟を連れて川向うの知人邸に小舟を滑らせました。船頭が「これがタチバナの小島でございます」と二人の注意をうながした先には大きな岩のような島に根づく洒落た枝ぶりに豊かに葉をつけたタチバナの木が見えます。

「あれを見なさい。頼りないけれど千年でも持ちこたえられそうな緑の深さだ」。匂

宮は寒さと心細さに震える浮舟にそう言うと、

年経ともかはらむものか橘の小島のさきに契る心は

（年を経ても変わるものか、タチバナの小島の崎で約束する私の気持ちは）

と詠んで、あらためて浮舟に自分の思いを伝えます。

匂宮の歌を聞きながら、世にも珍しい所へやって来たのを実感した浮舟は次の歌を返します。

橘の小島の色はかはらじをこの浮舟ぞゆくへ知られぬ

（タチバナの小島の色は変わりますまいが、この水の上にただよう私の舟はどこへ行きますことやら）

この幻想的な状況下で浮舟はよりいっそう美しく見え、歌もなかなかのものなので、匂宮は彼女のすべてを愛おしく感じるのでした。ちなみにこの素朴な姫君に冠された浮舟という名は、この時の彼女が詠んだ歌にちなんだものです。

タチバナというと、そのふくよかな黄色い果実が真っ先に思い浮かびます。一年を詳細な季候ごとに細かく区切る七十二候の一つに「橘始黄（たちばなはじめてきばむ）」というのがあり、いかにこの樹木が暦として重んじられていたかがうかがえます。また、「日本書紀（にほんしょき）」には不老不死の果実として非時香菓（ときじくのかくのこのみ）が登場しますが、これはタチバナの実を意味していたと考えられています。匂宮と浮舟が贈り合った歌にあるタチバナは常緑の葉が印象的な樹木ですが、それがどことなく先ほどの不老不死の果実と結びつき、朽（く）ちることのない永遠の時の流れをイメージさせます。

浮舟は歌を通してタチバナの木の普遍性と、運命に流されて変わっていく自分とを鋭く対比し、未来への不安を訴えているように思えます。

タチバナの花言葉に「追憶（ついおく）」というのがありますが、まるで浮舟と匂宮のタチバナの小島での忘れ得ぬひと時を示唆（しさ）していて興味深いものがあります。

苦しみを強さに変えて

薫と匂宮との間で板挟みになった浮舟は入水（じゅすい）を図るものの、死にきれず、【第五十三帖【「手習（てならい）」】で、通りがかりの比叡山の横川（よかわ）の僧都（そうず）一家に救出され手厚く介抱されます。

衰弱し切っていた浮舟は、程なく正気を取り戻し、命を救ってくれた僧都とその妹で自分を実の娘のように思ってくれる尼君に出家させてほしいと懇願（こんがん）します。周囲の思惑に翻弄（ほんろう）され続ける浮世との決別を宣言した浮舟の姿に、世俗から一線を画さなければ自分らしく生きる術（すべ）を見つけ難かった当時の貴族女性の悲哀がひしひしと伝わってきます。

それまではひたすら純粋だった浮舟は、苦悩した末により強くなりました。もう何者も彼女の決心を鈍らせることはできません。

「源氏物語」最終巻【第五十四帖「夢浮橋（ゆめのうきはし）」】では、浮舟が横川の僧都一家にかくまわれているという情報を得た薫が探りを入れますが、浮舟は頑なに誰とも会おうとしません。「誰が浮舟を囲（かこ）っているのだろう」と思い悩みもんもんとする薫と、自らの生き方を決めた浮舟。二人の若者の正反対の生き様を私たちに示して、「源氏物語」は終わります。まるで、「あなたは、どう生きますか」と問うように。

終わりに

「源氏物語」に出てくる花についての本を書かせていただくにあたり、誰よりも私自身が得難い経験をさせていただけたと思っています。それというのも、「源氏物語」が何よりも人間味あふれる深淵な物語であり、この日本最古の小説が花を題材にした「美しい表現の宝庫」ともいえるからです。読み進めるうちに、誰でも間違いなく「源氏物語」の虜になることでしょう。

主人公、光源氏と彼を取り巻く登場人物の喜びや悲しみ、その時代を生きる人々ならではの思いが、花を通していきいきと伝わってくる、それが「源氏物語」の興味深いところです。

物語の中で植物は、香りとともに心の内を伝えるウメ、光源氏の美貌を表すサクラ、高貴さを象徴するフジ、愛おしい子どもを意味するナデシコ、恋文代わりのフジバカマなどとして登場し、個性豊かな花によるコミュニケーションが繰り広げられます。

花や植物にまつわる、この偉大な古典文学の魅力を少しでもお伝えできたなら、このうえもなく幸せです。多くの方が、紫式部や光源氏らと時空を超えた会話を楽しんでいただくことを夢見ています。

最後にこの場を借りて、すてきな植物画を描いていただいた芝田美智子様、センスあふれるデザインの平本祐子様、拙文をチェックしていただいた池田充枝様、編集担当の講談社エディトリアルの加藤広様、そして本書の出版を応援してくれたマミフラワーデザインスクール関係者一同に、心からの感謝の意を表します。

2024年3月
川崎景介

参考文献

『源氏物語　付現代語訳』第一巻〜第十巻　紫式部 著　玉上琢彌 訳注　1964〜1975　角川学芸出版
『源氏物語』第一巻〜第十巻　紫式部 著　瀬戸内寂聴 訳　1996〜1998　講談社
『現代語訳　源氏物語』第一巻〜第四巻　紫式部 著　窪田空穂 訳　2023　作品社
『源氏物語の花』青木登 著　2004　けやき出版
『新版 古今和歌集　現代語訳付き』高田祐彦 訳注　2009　KADOKAWA
『源氏物語 ビギナーズ・クラシックス 日本の古典』紫式部 著　角川書店 編　2001　角川書店
『紫式部ひとり語り』山本淳子 著　2020　KADOKAWA
『源氏物語 解剖図鑑』佐藤晃子 著　伊藤ハムスター イラスト　2021　エクスナレッジ
『源氏物語事典』林田孝和 他編　2002　大和書房
『花の民俗学』桜井満 著　2008　講談社
『花の履歴書』湯浅浩史 著　1995　講談社
『植物ごよみ』湯浅浩史 著　2004　朝日新聞社
『植物と行事』湯浅浩史 著　1993　朝日新聞社
『花と日本人 花の不思議と生きる知恵』中野進 著　2000　花伝社
『花の歳時記 草木有情』釜江正巳 著　2001　花伝社
『すてきな花言葉と花の図鑑』川崎景介 監修　2021　西東社
『花のことば12ヶ月』川崎景介 監修　2021　山と渓谷社
『一日一花を愉しむ 花の歳時記366』金田初代 監修　2020　西東社
『源氏物語図典』秋山虔　小町谷照彦 他編　1997　小学館　他

[著者略歴]

川崎 景介（かわさき けいすけ）

マミフラワーデザインスクール校長
考花学者／花文化・美学研究
東京都出身。1989年、アメリカのグレースランド・カレッジ卒業。2008年、倉敷芸術科学大学修士課程修了。2006年より、マミフラワーデザインスクール校長を務める。花にまつわる世界各地の文化を、独自の視点で調査研究する「考花学」を提唱。大学や文化団体などでの活発な講演活動やコラム等の執筆を通じて、花文化の啓蒙に尽力している。日本民族藝術学会員。
著書に『花が時をつなぐ－フローラルアートの文化誌－』(講談社)、『花と人のダンス－読むと幸せになる花文化50話－』（講談社エディトリアル)、監修に『花のことば12ヶ月』（山と溪谷社)、『すてきな花言葉と花の図鑑』（西東社)、『知りたい 覚えたい 季節をめぐる花言葉（全3巻)』(汐文社)他多数がある。

イラスト　芝田美智子
デザイン　平本祐子、船津朝子

花で読みとく「源氏物語」

ストーリーの鍵は、植物だった

2024年4月16日　第1刷発行

著　者　川崎景介（かわさきけいすけ）
発行者　清田則子
発行所　株式会社 講談社
〒112-8001　東京都文京区音羽2-12-21
（販売）03-5395-3606
（業務）03-5395-3615
編　集　株式会社 講談社エディトリアル
代　表　堺 公江
〒112-0013 東京都文京区音羽1-17-18
護国寺SIAビル6F
（編集部）03-5319-2171
印刷所　株式会社新藤慶昌堂
製本所　株式会社国宝社

KODANSHA

ISBN978-4-06-535353-0
N.D.C.913.36 223p 13cm